HÖLLENFAHRT INS NIRGENDWO

Johan Alberich

Für Elena

Wir finden aus jeder Finsternis wieder heraus.
Gemeinsam.

Buch

Aus diesem Albtraum gibt es keine Rückfahrkarte

Immer mehr Menschen verschwinden spurlos in der U-Bahn. Darunter auch der Sohn von Jonathan und Daphne, die den Unglücksort seither gemieden haben. Doch als sie eines Abends bestohlen werden, folgen sie der Diebin in einen der U-Bahn-Züge. Schon beim Einstieg wird ihnen unheimlich zumute: Sämtliche Wagen sind bis auf einen einzelnen, mysteriösen Fahrgast verwaist. Schließlich halten sie an einem seltsamen Bahnsteig ohne einen Ausgang und der Zug fährt ohne sie weiter. Plötzlich sind sie allein – bis auf das, was ihnen in den finsteren Tunneln auflauert!

HÖLLEN FAHRT

INS NIRGENDWO

ISBN: 9798860212541

»Angst ist seine Waffe.
Du fühlst sie, wenn sie wie ein Wurm
durch deine Eingeweide wühlt.
Dein Körper zittert und doch bist du wie gelähmt.
Du spürst, wie sie in deinen Kopf hineinkriecht
und deinen Verstand zerfrisst.
Sie höhlt dich vollkommen aus,
und etwas anderes wird die Leere in dir füllen.
Doch von dir wird am Ende nichts mehr übrig sein.
Dann wirst du ihm gehören
und seinen Befehlen gehorchen.«

– Joschua

EINS

Für gewöhnlich machte sich Joschua nichts aus dem Alleinsein. Doch dort, ganz auf sich gestellt auf dem verwaisten U-Bahnsteig, wurde es selbst ihm unheimlich.

Der schmächtige Junge mit der kreidebleichen Haut fuhr sich durch das pechschwarze, schulterlange Haar und lugte vorsichtig hinein in die gähnenden, unterirdischen Tunnel.

Totenstille entstieg jenen schwarzen Löchern, und alles, was er hörte, war das Surren und Klicken der alten, flackernden Leuchtstofflampen, welche beständig ihren hoffnungslosen Kampf gegen die Dunkelheit tief unter der Stadt führten.

Ein Schauer lief ihm über den Rücken, und seine Hände krallten sich um den Gurt seiner schweren Umhängetasche.

Nur zu gern hätte er dem Drang gefolgt, die schmalen Treppenstufen hinauf an die Oberfläche zu eilen. Sich zu *verkriechen*.

Doch er durfte jetzt nicht aufgeben!

Er straffte sich. Und als müsse er sich daran erinnern, warum er mitten in der Nacht hinab in die U-Bahnstation gestiegen war, warf er einen Blick über seine Schulter und an die Wand des Bahnsteigs.

Wie der Rest der Station war sie mit schäbigen, kalten Kacheln verkleidet. Doch von den mehr oder weniger kunstvollen Graffiti, von denen die Fliesen der Station übersät waren, war an jener Wand kaum noch etwas zu sehen.

Denn die Menschen hatten sie in ein bedeutend scheußlicheres Gewand gehüllt: Auf der gesamten Wand erstreckte sich eine Galerie des Grauens! Eine groteske Sammlung eingerissener und von der Feuchtigkeit wellig und fleckig gewordener Suchplakate.

Vermisste Männer. Auch Frauen.

Und Kinder. So viele Kinder.

Wie zum Spott lachten viele der Personen auf jenen abscheulichen Porträts, so als machten sie sich einen Spaß daraus, von einem Augenblick auf den anderen verschwunden zu sein. Ein böser Scherz zulasten derjenigen Menschen, welche zurückblieben, nach ihnen suchten und in der

Nacht von Albträumen heimgesucht wurden.

Albträume, die womöglich nicht einmal heranreichten an die Wirklichkeit!

Sie waren eines Tages in eine der unzähligen U-Bahn-Linien eingestiegen und hatten ihre Zielstation niemals erreicht.

Das Echo ihrer Schreie hallte noch immer tief unter der Oberfläche wider, während die Welt darüber ahnungslos blieb – von keinem der Verschwundenen wusste man, was mit ihm geschehen war.

Man hatte unermüdlich die Tunnel durchforstet und die schwärzesten Winkel mit dem Licht der Taschenlampen aus der Finsternis geholt.

Doch in dem unermesslichen Labyrinth des U-Bahn-Netzes war ihre Suche erfolglos geblieben – nicht einen einzelnen jener Vermissten hatte man in all der Zeit gefunden.

Irgendwann hatten die Menschen ratlos ihre Schädel zwischen die Schultern sinken lassen.

Bis auf Joschua.

Denn da war etwas – etwas, das niemand für möglich hielt, der sich noch in das verhüllende Laken der *Wirklichkeit* wickelte. Einer Wirklichkeit, in der die Menschen keinerlei Risse duldeten und leugneten, was sie nicht begriffen.

Doch zu diesen Menschen gehörte er nicht.

Der Blick des schmächtigen Jungen traf auf ein ganz bestimmtes unter all den entsetzlichen

Porträts und er nickte ihm zu.

Es zeigte einen Jungen, den Joschua kannte: Martín.

Seinen Freund.

Einen der wenigen, den er hatte.

Wäre Martín nicht ebenfalls verschwunden, so wäre jener heute bei ihm gewesen, denn sie hatten ihren geheimen Plan gemeinsam ausgedacht.

Allein für ihn musste Joschua in dieser Nacht unnachgiebig sein; durfte den Plan nicht aufgeben.

Plötzlich hörte der kreidebleiche Junge ein Geräusch, das ihn aus seinen Gedanken riss: das Poltern von hastigen Schritten auf den Treppenstufen, welche die U-Bahnstation von dem Getümmel der Oberfläche trennten. Dort, wo die Menschen probierten, durch hastigen Schritt dem zu entkommen, was tief unter ihren Füßen lauerte.

Die Pfeiler des U-Bahnsteiges schoben sich vor Joschuas Blick, sodass er nicht sehen konnte, wer sich ebenfalls hier hinuntergewagt hatte.

Doch die Schritte wurden lauter; kamen näher.

Schatten huschten zwischen den Pfeilern umher.

Da stand er plötzlich vor ihm: Ein großgewachsener Junge mit einem sorgfältig gekämmten Scheitel bäumte sich vor ihm auf, so als wolle er ihn unter sich begraben.

Dann stieß er den schmächtigen Joschua gegen die Wand der U-Bahn-Haltestelle – die Wand des

Schreckens –, und die zerknitterten Zettel raschelten in seinem Rücken.

Joschua kannte den anderen Jungen aus der Schule. Sein Name war Fabian. Doch dieses Wissen brachte ihm hier unten nur wenig.

Der großgewachsene Junge hatte ihm schon mehrmals in der Schule aufgelauert.

Joschua hatte niemals Schwierigkeiten damit gehabt, ein wenig *anders* zu sein.

Andere dagegen schon!

Fabian war nicht der Erste.

Doch die Chancen standen gut, dass er der *Letzte* sein könnte!

In jener verfluchten Nacht.

Kurz bevor die letzten U-Bahnwagen die Seelen der Verlorenen auf den Gleisen unabwendbar in die Dunkelheit ziehen würden.

Bislang hatte Fabian Mühe damit gehabt, den blassen Jungen mit dem pechschwarzen Haar zu erwischen. Immer war jemand zugegen gewesen, der die beiden auseinandergetrieben hatte.

Dann hatte er stets all seine Wortgewandtheit eingesetzt, um den Vorfall zu verdrehen.

Und jedes Mal war es ihm gelungen.

Fabian war ein Waisenkind. Seine größte Zuneigung galt einem alten Pastor, der sich dem Heim des Jungen als ein Seelsorger angenommen hatte.

Viele meinten, der Pastor sei zu alt, um den

jungen Menschen zur Seite stehen zu können, die nicht selten durch ihre bodenlose Verlorenheit ein besorgniserregendes Verhalten an den Tag legten.

Doch der alte Mann war rüstiger als viele bedeutend jüngere Männer und in der Gemeinde respektiert.

So konnte der kräftige Geistliche die Bedenken mühelos beiseiteschieben.

Fabian hatte dem alten Mann aufmerksam zugehört. Und wenn er eines von ihm gelernt hatte, dann war es die Redegewandtheit, welche die Wahrheit verdrehen konnte, so wie ein muskelschwerer Zirkusartist eine Eisenstange verbiegt.

Doch da war noch etwas anderes, das der großgewachsene Junge aus den Worten des alten Mannes herausgepflückt hatte – etwas *Gefährliches*!

Denn einige der kernig vorgetragenen Predigten hatte Fabian etwas zu wörtlich genommen.

Und er hatte Gefallen daran gefunden, sich sicher zu sein, dass er von etwas wusste, das nur er allein erkennen könnte: das wahrhaftige und unter den ahnungslosen Menschen unbemerkt herumwandelnde *Böse*!

Fabian war ein Verlorener.

Und jene Suche nach dem Bösen gab ihm, den niemand jemals haben wollte, einen Lebenssinn.

Dem Waisenjungen war der bleiche Joschua

schon seit langem aufgefallen, und er hatte sich ausgemalt, dass hinter jenem weltentrückten Blick unter dem pechschwarzen Haar etwas *anderes* steckte.

Etwas *Böses*!

An die Wand gedrängt, blickte sich der schmächtige Junge verstohlen um; sah zu seiner Linken und zu seiner Rechten.

Der Bahnsteig war leer. Da war niemand, der ihm hätte zur Hilfe kommen können.

Und sollte der Zug einfahren, dann würde ein müder Zugführer dem Ende einer langen Schicht entgegenblicken und nicht auf den Bahnsteig um ihn herum achten.

Er schmiedete einen gewagten Fluchtplan.

Doch auch diese Gelegenheit wurde ihm zunichtegemacht.

Denn der Waisenjunge war nicht allein gekommen, sondern hatte zwei seiner Freunde mitgebracht!

Der eine war ein grober Bursche: Hennes. Ein Berg aus Fleisch, dem die Haut auf den Knöcheln verhornt war von all der Prügelei, welche dank Fabians Wortgewandtheit niemals hatte nachgewiesen werden können.

Die andere Person war ein Mädchen: Yana. Und bei ihr rechnete sich Joschua noch weniger Chancen aus. Denn das grobe Mädchen war dafür bekannt, dass sie sich auf dem Schulhof mit den

Jungs prügelte. Mit allen. Und oft mit allen gleichzeitig.

Allein Fabian hatte sie es zu verdanken, dass Yana von aller Strafe unversehrt geblieben war. Und niemand glaubte daran, dass eine derart unergründliche Wut wie ein lodernder Kamin in der Brust des Mädchens brannte.

Gemeinsam umschlossen die drei den schmächtigen Jungen in einem Halbkreis – ein Dickicht aus Gliedmaßen, durch das er sich niemals würde hindurchzwängen können.

Der Gefangene verlagerte sein Gewicht und trat mit einem Fuß etwas zur Seite.

Da spürte er unter seinem Schuh etwas Weiches, Nachgebendes, und instinktiv schaute er nach, was es war.

Er war auf einen Stoffhasen getreten: ein graues, zerzaustes und traurig dreinblickendes Ding.

Das zerknautschte Gesicht des Hasen war nun vom Schmutz unter seinem Schuh entstellt, sodass er wirkte, als hätte man ihn aus seinem Grab herausgebuddelt.

Stofftiere.

Und Blumen.

So viele Blumen.

Es war unvermeidbar, dass man hier unten darauf trat, wenn man einen Moment unaufmerksam war.

Denn es waren Geschenke an die Vermissten. Ein trauriges Gebet, niedergelegt am Fuß der Wand des Schreckens, an welche sich Joschuas dürrer Rücken presste und deren Kälte ihm in die schmalen Knochen stieg.

Der Waisenjunge grinste triumphierend.

Heute Nacht würde sein geheimer Feldzug gegen das Böse einen weiteren Sieg einstreichen. Er würde es bezwingen und aus der Welt herausjagen.

Bislang mochte man ihn davon abgehalten haben. Doch er ahnte, dass dies nur eine Prüfung seiner Beharrlichkeit war.

Nur den wahrhaftigen Streitern gegen das Böse wurden derlei Prüfungen auferlegt – davon war er überzeugt.

»Heute kommst du uns nicht davon, du verdammter Teufelsanbeter!«, drohte Fabian und deutete mit dem Finger auf die schmächtige Brust seines Opfers.

Dann bemerkte er, dass der Eingekreiste in seiner Umhängetasche herumkramte.

»Was hast du da?«, keifte der großgewachsene Waisenjunge und befahl den beiden anderen, ihn festzuhalten.

Die beiden anderen – Hennes und Yana – zerrten die Arme des schmächtigen Jungen auseinander, dass er wirkte wie ein Gekreuzigter.

Sie hatten sofort gehorcht.

Denn Fabian war der Anführer jener Bande, und er ließ keine Gelegenheit verstreichen, sich als ein solcher aufzuspielen.

Denn der wahrhaftige Streiter musste die Herde lenken – daran glaubte er fest.

»Haltet sie gut fest, die dreckige Satansbrut!«, verlangte er und machte sich ungehemmt an der Tasche seines Opfers zu schaffen.

»Au!«, brüllte er da und zog seine Hand daraus hervor.

Er betrachtete seinen Finger und den kleinen Blutstropfen, der daran herunterrann und sich um das rosige Fleisch herumdrehte wie eine Schlange.

Der Waisenjunge verzog bitter den Mund. »Du hast mich verletzt, Mistkerl!«, klagte er den Festgehaltenen an und gab Hennes ein Zeichen.

Einen Wimpernschlag später krachte dessen schwitzige, fleischige Faust gegen Joschuas Kiefer.

Das Genick des dürren Jungen knackte böse; er keuchte und spuckte.

Auf den verunstalteten Hasen zu seinen Füßen fielen mehrere Blutstropfen.

»Wer sich mit mir anlegt, bekommt es dreifach zurück«, grinste Fabian, wischte den Blutstropfen an seiner Hand an der Kleidung seines Opfers ab und riss ihm die Umhängetasche von der Schulter.

Er drehte sie herum und ließ den Inhalt auf den Boden der U-Bahnstation hinabfallen.

Mehrere schwere Bücher fielen heraus: alte

Bücher mit fleckigen, eingerissenen Einbänden und vergilbten Seiten.

Es waren Bücher über eigenartige Dinge: Okkultismus. Rituale. Grausige Mythologien vergangener Völker.

»Was für ein Teufelszeug!«, urteilte der großgewachsene Waisenjunge und fegte den Bücherhaufen mit dem Fuß fort.

Ein oder zwei der Bücher stürzten über die Bahnsteigkante und klatschten dumpf auf das darunterliegende Gleis.

»Hier ist noch was«, erkannte Yana.

Das Mädchen ließ den schmächtigen Jungen los, bückte sich herab und hob ein fingerdickes Heft mit einem neuzeitlich anmutenden Einband auf.

»*Handbuch der Monster*?«, las sie misstrauisch vor.

Sie blätterte darin herum und einige dazwischengeklemmte Zettel flatterten auf den Boden. Zettel, die bis zum Rand handbeschrieben waren mit Notizen, Zeichnungen, Symbolen.

»Was ist das?«, fragte sie.

»Das ist …« Joschua zügelte sich; atmete einmal tief durch. »… das ist nur ein Spiel«, überwand er sich. »Ein Rollenspiel.«

Doch natürlich steckte weit mehr dahinter!

»*Spiel*«, murmelte das Mädchen, so als spräche sie ein Wort aus, dessen Bedeutung ihr fremd war.

Dann krachte das *Handbuch der Monster* auf die schmutzigen Fliesen, und der Buchrücken drückte sich durch, als Yanas Schuh darauf trat.

Einen Augenblick lang schien der wahrhaftige Streiter gegen das Böse enttäuscht; er zweifelte beinahe an seinem geheimen Feldzug.

Aber nur beinahe und nicht lange genug.

»Da muss noch mehr sein«, befand er und rüttelte weiter an der Umhängetasche herum.

Und plötzlich klirrte es.

Auf den durcheinandergewirbelten Haufen auf dem Kachelboden des Bahnsteigs klapperte ein *Dolch*!

Fabian verzog angewidert den Mund, bückte sich und hob den Gegenstand auf. Er sog die Luft in seine Lungen und weitete die Augen, als er den *Beweis* endlich in den Händen hielt.

Der grobe Bursche Hennes keuchte; in Yanas Gesicht zeigte sich ein kurzes Zucken.

Der Anblick jenes Gegenstandes bereitete ihnen Unbehagen.

Auch dem großgewachsenen Streiter gegen das Böse, der den Griff nur mit den Fingerspitzen berührte.

Vielleicht ihm besonders.

Doch das hätte er niemals zugegeben.

»Was ist das für ein widerliches Zeug? Wolltest du mich damit abstechen?«, kreischte der Anführer der Bande.

Seine Stimme entglitt ihm; er spürte ein Zittern in seinen Eingeweiden und wirkte dem entgegen, indem er seine Faust in die Magenhöhle seines Opfers vergrub.

Fabian deutete mit dem Finger auf den Dolch.

Ihn anzublicken, wagte er nicht!

»Du bist im Bunde mit irgendeinem Satanskult, nicht wahr? Wolltest hier irgendein Menschenopfer abziehen! Gib es zu!«, schimpfte er unermüdlich.

Dann packte er den schwarzen Haarschopf des Jungen und zwang seinen Blick auf die Wand des Schreckens.

Auf all die Vermissten, deren Gesichter ihn auf den unzähligen Suchplakaten anstarrten.

»Wie viele von denen hast du auf dem Gewissen, Satansanbeter?«, keifte er.

Er spuckte und zerrte an den Haaren, als wolle er sie ihm ausreißen; ihm unendliche Schmerzen bereiten.

»Gib ihn mir zurück!«, keuchte der Festgehaltene gequält und stellte heraus: »Der ist nicht für einen Menschen. Er ist geweiht …«

»Was? *Geweiht*?«, wiederholte der Waisenjunge und verzog dabei angewidert seinen Mund, denn er empfand dieses Wort aus dem Mund des bleichen Jungen als eine Beleidigung.

»Mit … Weihwasser«, stammelte Joschua.

In seinen Verstand hatte sich ein eigenartiger

Taumel gemischt, und aus diesem Strudel lösten sich einzelne Gedanken, die unwillentlich seinen Mund verließen.

»*Weihwasser*«, wiederholte Fabian noch einmal und fuhr sich durch das sorgfältig gekämmte Haar, das etwas aus der Form geraten war.

Dann keuchte er: »Dann warst *du* das! Dann bist *du* dafür in unsere Kirche eingebrochen, Satansanbeter?«

Joschua hätte zu lügen beginnen können, wenn sein Verstand dies noch zugelassen hätte.

Doch leider stimmte es!

Es war nicht die ganze Wahrheit, aber es stimmte.

Und als er nicht antwortete, sondern nur gequält stöhnte, keifte der Waisenjunge, der sich daran erinnerte, wie der Pastor von einem Einbruch in die Kirche erzählt hatte: »Du Schwein!«

Dann trat er einen Schritt zurück und gab seinen beiden Freunden ein Zeichen.

Yana grinste böse; Hennes nahm den Befehl gleichmütig hin.

Es folgte eine grausame Folter.

Ein Gewitter aus Schlägen.

Der Geschmack von Blut im Mund.

Das Erzwingen eines Geständnisses.

Am Ende lag Joschua auf den kalten Fliesen der U-Bahn-Haltestelle und spürte noch immer die

Spitzen von Schuhen, die ihm die Rippen eindrückten.

Er berührte seinen Kiefer, doch alles, was er spürte, war eine harte Beule unter seiner Haut.

Der Rest seines Körpers fühlte sich an, als hätten vier Pferde an seinen Gliedmaßen in verschiedene Himmelsrichtungen gezogen und ihn in Stücke gerissen!

»Hätte dir so gepasst, dass du uns alle bekommst!«, kreischte Fabian.

Er atmete mehrmals tief ein und kraftvoll wieder aus, um seinen Magen zu beruhigen, der ihm auf eine unerklärliche Weise flatterte und bebte.

Dieser eigenartige Dolch.

Dieser seltsame Junge.

All dies war ihm unheimlich.

Es bereitete ihm *Angst*!

Und er hasste alles, was ihm Angst bereitete.

Da sah er, dass das keuchende, pfeifend nach Luft schnappende Häufchen Fleisch zu seinen Füßen eine Hand von seinem zusammengekrümmten Körper löste.

Er probierte, zu ihm hinaufzugreifen – den Dolch zu erreichen!

Fabian weitete die Augen; wich einen Schritt zurück.

Wie konnte er sich noch rühren nach alldem?, schoss es durch den Kopf des Waisenjungen.

Da stieß der grobe Hennes die Hand mit dem Fuß fort. »Nimm deine schmutzigen Hände weg!«, forderte er zischend.

»Das hier …«, sagte der Anführer der Bande da zu dem am Boden Liegenden und leckte sich nervös über die Lippen, »… das hier behalte ich.«

Er hielt den Dolch nach oben.

Joschua sah es von weit unten.

Der Dolch war völlig außerhalb seiner Reichweite.

»Lass den Mist doch liegen«, schlug Hennes da plötzlich vor.

Fabian hatte es seinen Freunden ausgetrieben, seine Entscheidungen infrage zu stellen.

Dass einer von ihnen es nun tat, brachte ihn in eine brenzlige Lage.

Denn er *wollte* diesen Gegenstand loswerden. Ihn weit von sich schmeißen!

Doch nun musste er beweisen, dass er der wahre Anführer war. Er musste beweisen, dass er der Wolf war und nicht das Schaf.

Eine weitere Prüfung für den wahrhaftigen Streiter gegen das Böse.

»Hast du Angst vor dem Ding?!«, konfrontierte er den groben Burschen und bemühte sich, seine Stimme beisammenzuhalten.

Dann packte er den Dolch fester und tat, als würde er damit auf seinen Freund einstechen.

Der duckte sich und wich zurück, so als fürchte

er tatsächlich um sein Leben.

Denn genau das tat er!

Genau das taten sie *alle*.

»Glaubst du, das Ding macht mich besessen?«, steigerte sich Fabian in den Streich hinein und wiederholte immer wieder: »Besessen! Besessen! *Besessen*!«

»Der Zug kommt!«, rief Yana da, und in jenem Ruf lag all ihre Sehnsucht, diesen Ort schnellstmöglich zu verlassen.

Das Rauschen des U-Bahn-Zuges wurde zunehmend lauter; der klappernde Leib aus Eisen schob sich aus dem dunklen Tunnel und in den Bahnsteig hinein.

Da ließ der Anführer von seinem Scheingestech ab und deutete mit der Spitze auf den gekrümmten Jungen zu seinen Füßen.

»Wag es ja nicht, uns zu folgen!«, drohte er und wandte sich ab.

Joschua wollte noch einmal nach dem Dolch greifen. Etwas sagen.

Doch sein Körper brachte nichts mehr zustande, und er wurde bewusstlos, als sich die U-Bahn-Türen schlossen und der Zug davonrumpelte.

Drinnen angekommen, stellte sich Fabian an eines der schmierigen Fenster des menschenleeren Wagens und warf einen letzten Blick hinaus und hinüber zu dem krauchenden Körper des Jungen.

»Dem haben wir den Teufel ausgetrieben«, behauptete er laut und grinste, als in ihm die Gewissheit wuchs, dass er wahrhaftig der Streiter war, vor dem sich das Böse in Acht nehmen musste.

Wie viele Menschen hatte er wohl dadurch gerettet?, grübelte er stolz.

Doch als er sich seiner eigenartigen Trophäe noch einmal bewusst wurde, verging ihm plötzlich jeder Gedanke an einen Sieg.

Er sah sich den Dolch an, die hässliche Klinge und den eigenartigen Griff, der sich in seiner Hand anfühlte wie der kalte Finger einer Leiche.

»Ekelhaft!«, keifte er dann und warf den Gegenstand wie etwas Giftiges auf einen der leeren Sitze.

Kaum kam er dort zum Liegen, schwankte er auf dem mit uralten Flecken übersäten Sitz im Rhythmus des klappernden Zuges hin und her.

So als würde er *leben*!

Der Waisenjunge fuhr sich durch das in Unruhe geratene Haar und bemerkte einen Blutstropfen, der ihm die Kleidung besudelt hatte.

Schnaufend und um Fassung ringend, wandte er sich ab und zu seinen zwei Begleitern.

Er war froh, die beiden bei sich zu haben.

Vielleicht zum ersten Mal wirklich froh!

»Dem haben wir's gezeigt«, meinte er in einem Ton, der nach einer Bestätigung haschte.

Die anderen nickten bloß und sahen zu Boden.

»Was ist mit euch?«, sagte der Anführer der Bande vorwurfsvoll. »Habt ihr etwa Mitleid mit dem Satansanbeter? So war es doch geplant. Genau so war es geplant!«

»Das ist es nicht«, murmelte der fleischige Hennes.

Seine Augen rollten instinktiv zu dem zitternden Dolch hinüber.

Dann zwang er den Blick wieder davon ab.

Auch Yana bemühte sich sichtlich, den Gegenstand nicht anzublicken.

Stattdessen starrte sie auf irgendeine liegengelassene Tageszeitung auf einem der Sitze.

Der halb aufgeschlagene Artikel handelte von den Vermissten in der U-Bahn, und die Zeilen, die das Mädchen überflog, gaben keinen Anlass zur Hoffnung.

Doch da war noch etwas *anderes*.

Etwas, das mit eisigen Fingern ihren Nacken berührte und eine Welle der Kälte in ihren Körper strömen ließ.

Der Artikel wurde von drei eigenartig verzerrten Porträts von drei kürzlich Vermissten begleitet.

Und diese drei Personen sahen aus wie *sie*! Genau wie jene drei, die in diesem Moment in diesem leeren U-Bahnwagen bangten!

Das Mädchen schrie gellend auf.

Fabian zuckte bei dem Laut zusammen und fluchte wie von Sinnen.

Er wurde sich des wachsenden Unbehagens der beiden bewusst.

Er hätte ihnen jetzt beipflichten können.

Doch wenn er jetzt nachgab, konnte er seine Rolle als Anführer in diesem eisernen Sarg begraben, in dem sie tief unter der Stadt herumfuhren.

Deswegen war ihm das Verhalten der beiden eine Prüfung. Eine Prüfung seines *eigenen* Mutes.

Wie viele Prüfungen würde er noch ertragen müssen?, klagte er stumm und wusste kurz darauf, dass er für derlei Zweifel Buße würde tun müssen.

Deshalb brachte er den Dolch noch einmal in seinen Besitz und hielt ihn hoch.

Nur mit den Fingerspitzen.

»Ach, habt ihr vielleicht Angst *davor,* hm?«, stichelte er.

Die beiden anderen wichen zurück; hoben schutzsuchend die Arme, weil sie befürchteten, dass sich ihnen die Klinge ins Fleisch fraß.

»Ihr seid doch alle Schafe!«, fluchte der großgewachsene Waisenjunge und schüttelte den Kopf.

Plötzlich quietschten die Räder des Zuges und er verlor rasch an Geschwindigkeit.

Die drei Fahrgäste verloren das Gleichgewicht; stolperten den leeren Wagen entlang.

Fabian fing sich als Erster, denn er bekam die Haltestange an einer der Ausgangstüren zu fassen.

Die anderen fielen in den Gang und zwischen die Sitze.

Der Waisenjunge lachte.

Er war nicht gefallen, war aufrecht geblieben – die ganze Zeit über.

Selbst den teuflischen Gegenstand hatte er noch in seiner Hand.

Er war wirklich ein Anführer, dachte er.

Er war der Wolf, nicht das Schaf.

Er war der wahrhaftige Streiter, der gegen das Böse kämpfte, das sich nur ihm offenbarte.

Dies war seine Aufgabe. Der Lebenssinn des Verlorenen.

»Warum halten wir hier?«, fragte der gestürzte Hennes.

Yana schnaufte beim Aufstehen, sah sich durch die Fenster um und erblickte dahinter nichts als Dunkelheit.

»Hier ist doch gar keine Haltestelle«, erkannte das Mädchen rasch – und mit einem Anflug von unüberhörbarer Besorgnis.

»Entspannt euch, Schafe«, meinte der Anführer. »Wird schon gleich weitergehen.«

»Mann, hoffentlich geht es sofort weiter«, murmelte Hennes.

»Was ist los?«, fragte Fabian. »Geht bei dir jetzt gar nichts mehr?«

Sein Freund schüttelte den Kopf. »Mann, ich muss immerzu an all die Vermissten denken.« Er schluckte. »Was, wenn es wirklich dieser Junge war. Nach dem, was wir getan haben, sind wir doch die nächsten! Er wird sich an uns rächen, das weiß ich ganz sicher!«

»Halt's Maul!«, fluchte der großgewachsene Waisenjunge.

Natürlich hatte er längst selbst daran gedacht.

»Vielleicht sollten wir in eines der anderen Abteile gehen«, meinte das Mädchen. »Eines mit anderen Menschen.«

Es war wirklich totenstill in dem Wagen!

»Yana, du bist ein Feigling!«, keifte Fabian grell. »Von dir bin ich besonders enttäuscht. Dachte, du bringst etwas!« Dann drohte er: »Euch werden sie auf jeden Fall holen, euch …«

Bevor er seinen Fluch loswerden konnte, kam ihm die Durchsage des Zugführers dazwischen.

»Werte Fahrgäste …«

Die Durchsage brach abrupt ab.

Stattdessen erklang ein furchtbares Rauschen! Ein widerliches Geräusch, als würde jemand mit einem Fingernagel über ihr Trommelfell kratzen.

Sie pressten die Hände auf den Ohren, doch der Schmerz blieb.

Dann hörte er auf. So schnell, wie er aufgetreten war.

Hennes bewegte seinen Mund, doch verließ ihn

kein Laut.

Der Anführer der Bande wollte ihn dafür zurechtweisen, dass er sich einen derartigen Scherz erlaubte.

Doch als er mit aller Kraft seinen Missmut herausbrüllte, bemerkte er, dass er seine eigenen Flüche nicht hörte!

Auch Yana bewegte ihre Lippen und griff sich an die Kehle, als nichts daraus hervorkam.

Da wurde ihnen bewusst, dass sie alle taub waren!

Der großgewachsene Waisenjunge brüllte und keifte; strauchelte und bohrte mit dem Finger tief in sein Ohr.

Als er den Finger herauszog, sah er dickflüssiges Blut und irgendein Gewebe daran kleben.

Jenes Gewebe *bewegte* sich!

Einen Moment später schob eine Made ihr Haupt aus dem kleinen Pfuhl aus Blut und blickte sich um.

Angewidert schüttelte Fabian seine Hand.

Er weinte; konnte keine Rücksicht mehr nehmen auf irgendeine närrische Rolle, sondern war seiner Angst mit einem Mal völlig ergeben.

Er blickte hilfesuchend in die Gesichter der beiden anderen.

Sie waren aufgeregt wie er selbst.

Doch in ihren Blicken stand das Entsetzen über

noch etwas *anderes*!

Sie plapperten stumm; ihre Augen waren geweitet.

Sie deuteten auf etwas.

Auf etwas *hinter* ihm. *Hinter* Fabian!

Langsam drehte sich der Waisenjunge um; schon aus dem Augenwinkel bemerkte er, dass sich die Zugtüren in seinem Rücken geöffnet hatten.

Jenseits der Türen lag eine trostlose Dunkelheit, schwarz und unendlich.

Doch etwas *regte* sich darin!

Einen Augenblick lang brauchten seine Augen, um sich von dem grellen Licht des Zuginnern umzugewöhnen an die Finsternis.

Dann sah er die seltsame, auf eine ekelerregende Weise zuckende und eigenartig verdrehte Gestalt, die sich in der Schwärze abzeichnete!

Sein Gesicht wurde aschfahl. Sein Körper gehorchte ihm nicht mehr, sondern bebte unter seinem blanken Entsetzen.

Und bevor er zu irgendeiner Regung fähig gewesen wäre, packte die Gestalt zu – zog den Jungen mit einer unnatürlichen Gewalt wie eine Puppe aus dem Zug!

ZWEI

Der Regen prasselte auf die verkehrsgefluteten Straßen. In den Pfützen verschwamm die Welt mit all ihren grellen Lichtern zu einem unwirklichen Spiegelbild.

Fortspülen jedoch konnte der Regen nichts!

Als Jonathan und seine Frau Daphne das Kino verließen, konnte sich keiner von den beiden daran erinnern, welchen Film sie sich angesehen hatten.

Sie hatten auf jenen kostbaren Augenblick gehofft, in dem die Grenzen zwischen Vergangenheit und Gegenwart verschwinden, doch die flackernden Bilder hatten sich lediglich in ihren leeren Augen gespiegelt, ohne in sie einzudringen.

Sie hatten die erdrückende Enge ihrer

Wohnung verlassen, um zurückzufinden in ein normales Leben.

Sie hatten geglaubt, dass es irgendwo dort draußen sein müsste: zwischen all den turmgleichen Gebäuden.

Wie Grabsteine ragten sie empor und schienen den Nachthimmel selbst zu durchbohren, während weit unten zu ihren Füßen ein gespenstischer Schein aus den Lokalen und Einkaufszentren drang.

Eine Ewigkeit schien vergangen, dass sich das Ehepaar vor der Welt verschlossen hatte und nicht mehr unter Leute getreten war. Sie hatten ihrem Leben den Rücken gekehrt und den Stecker aus ihrem Telefon gezogen.

Als sie schließlich an diesem Abend die Wohnungstür hinter sich geschlossen und den endlosen Abstieg des Treppenhauses begonnen hatten, hatte es sich einen Augenblick lang so angefühlt, als hätten sie etwas hinter sich gelassen. Als würde am Fuß der langen und steilen Treppe etwas Neues auf sie warten.

Doch nun waren sie sich sicher, dass man das Vergangene nicht einfach hinter sich lassen konnte.

Sondern dass sie es mit sich herumschleppten; dass es sich auf ihre schlaffen Schultern gesetzt hatte wie ein Albdruck.

Ein ziehender Schmerz zog von Jonathans Schultern seinen Nacken hinauf, und er löste seine

Hand von der seiner Frau, um seine Muskeln zu massieren.

Daphne bemerkte es und übernahm es für ihn. Sie schob die Hand ihres Ehemannes sachte fort und berührte seine Schulter.

Ihre Berührung war sanft, bedeutend sanfter als der Druck, den sich der ehemalige Bauarbeiter mit seiner groben, rauen Hand selbst zugefügt hatte.

Doch die Wirkung, welche sie erzielte, war *besser*.

Jonathan atmete einmal tief durch; der Geruch von frischem Regen füllte seine Lungen.

»Es war … eine Komödie«, sagte er dann und blickte hinüber zu seiner Frau. »Der Film, meine ich.«

Sie lächelte ihm zu.

Wunderschön.

Daphne war wunderschön. Trotz der Sorgenfalten, die sich tief in ihr Gesicht hineingegraben hatten.

Sie war stärker als er. Das Vergangene hatte eine tiefe Höhle in sie hineingegraben, wie die stürmische See, die gegen eine Küste prallt. Doch in jener Höhle hatte sich ein See gebildet, ruhiger und stiller als die Welt vor den felsigen Wänden. In jenem See ruhte sie, abgeschirmt von der tosenden Brandung der Außenwelt.

Gelegentlich ließ sie etwas Wasser durch den schmalen Höhleneingang hineinfließen, dessen

Gluckern sodann in den hohlen Wänden widerhallte.

Doch ansonsten war ihre Felshöhle unerreichbar für den Sturm.

Jonathans Antlitz spiegelte sich in ihren Augen, deren Oberfläche das Licht reflektierte wie das Wasser.

Er verengte wie schmerzerfüllt seine Lider, als er es sah, denn seine eigene Erscheinung empfand er als irgendeine Form einer gewaltsam hervorgebrachten Ruine.

Er besaß noch die breiten Schultern und die Unterarme mit ihren dicken Muskelsträngen, die wie Wurzeln unter seiner Haut gruben und sich ineinanderschlängelten.

Aber das waren bloß Überreste seiner jahrelangen körperlichen Arbeit und einem einigermaßen gesunden Lebensstil.

Beides Dinge, die bedeutend langsamer vergingen als der Lebenswille.

Denn seine Wangen waren ihm eingefallen ebenso wie sein Bauch, das Haar war ergraut und seine stets dicht aneinandergepressten Lippen wurden von borstigen Bartstoppeln umrahmt.

Die menschliche Ruine bewunderte Daphnes Haar. Es schimmerte pechschwarz wie an dem Tag, an dem er ihr zum ersten Mal begegnet war.

Und es war klitschnass!

Rasch sah er sich deshalb nach einer

Möglichkeit um, dem Regen zu entkommen.

Plötzlich schnaufte er; der Schmerz in seiner Schulter kehrte gleißend zurück.

Denn in sein Blickfeld hatte sich das Eingangsschild zur U-Bahn geschoben. Die Stufen in die unendlichen Abgründe tief unter der Stadt leuchteten in einem grellen, aschfahlen Licht.

Jonathan fürchtete sich vor diesem Ort, und seine Furcht brachte tiefen Zorn mit sich!

Daphnes weiche, vom Regen nasse Hand umschloss seine zur Faust geballte Hand und öffnete sie sanft.

Nur langsam entspannte er die Muskeln seiner Finger.

»Lass uns ein Taxi rufen«, flüsterte sie ihm zu, kaum hörbar im Lärm des Verkehrs. »Die Straßen sind zwar entsetzlich überfüllt … Wir werden Stunden brauchen … Aber das ist okay.«

Wieder lächelte sie.

Und er wünschte sich, er hätte es erwidern können.

Doch der Anblick der U-Bahn hatte wachgerüttelt, was zumindest für einen Augenblick in einen Halbschlaf abzutauchen begann. Ein oberflächliches Dösen, so zerbrechlich, dass der geringste Laut einen daraus aufschreckt.

Ihr Ehemann nickte; sie tat es ebenfalls.

Dann schoben sich die beiden hinaus in den dichten Menschenverkehr, deren eilige Schritte auf das Kopfsteinpflaster trommelten.

Es war ein hektisches Durcheinander aus feuchtkalten Mänteln, die an ausgedürrten Körpern hingen und aus denen teilnahmslose Gesichter mit aschfahler Haut herausblickten.

Der erste von ihnen rempelte die beiden an, dann ein zweiter, und sofort versanken jene Menschen wieder in dem Fluss aus kalten Leibern und düsteren, schwarzen Augen.

Jonathan fühlte sich grauenvoll, so wie ein Fisch, der versuchen muss, gegen den Strom zu schwimmen und am Ende doch mitgerissen wird.

Beinahe hätte er es nicht gespürt: jenes eigenartige Gefühl in seiner Manteltasche.

Etwas kramte herum wie ein Wurm; biss etwas heraus!

Doch seltsamerweise verursachte es keinerlei Schmerzen.

Dann sah er hinunter und entdeckte gerade noch die bleichen Finger, die aus seiner Tasche herausschlüpften und etwas herausgefingert hatten.

Seine *Brieftasche*!

»Dieb!«, rief er. »Dieb!«

Sein wildes Gebrüll versank in dem Lärm des Verkehrs und des prasselnden Regens, des Hupens und Quietschens der Reifen und dem Geplärr der Menschenmassen.

Doch es erregte kurzzeitig die Aufmerksamkeit

des Diebes selbst.

Er drehte sich um!

Es war eine junge Frau, und ihr blasses Gesicht brannte sich in den Bestohlenen ein, auch wenn er es nur flüchtig sah.

Es war ein Gesicht, das erfüllt war von bitterer Traurigkeit.

Der helle Blondschopf der Diebin war nun drauf und dran in der grauschwarzen Masse der Mäntel und Leiber zu versinken.

»Hinterher!«, keuchte Jonathan und zog an Daphnes Hand.

Als sie ihrem Ehemann folgte, stieß sie einige Leiber um; sie entschuldigte sich und fiel ein paar Schritte zurück.

Ihre Hand entglitt seiner, doch er wagte nicht zurückzublicken.

Denn noch hatte er den hellen Blondschopf im Blick!

Auch er war gezwungen, ein paar Menschen beiseitezustoßen, die sich vor ihn zu schieben drohten wie eine nasse Mauer aus Stoff und Fleisch.

Als er sich seinen Weg durch sie hindurchgebahnt hatte, fand er sich plötzlich irgendwelche regennassen Stufen hinabpoltern. Stufen ins Ungewisse!

Hinter sich hörte er ein weiteres Paar Schuhe, die über den Bürgersteig hasteten und schließlich ebenfalls die Treppenstufen hinabstiegen: die Schritte seiner Frau.

Es war ihm ein beruhigendes Gefühl. Ein schöner Klang. Nur der Takt war ein wenig zu hektisch.

Doch dieses beruhigende Gefühl war auch bitter nötig!

Denn erst jetzt bemerkte er, wohin er der Diebin gefolgt war: hinab in die U-Bahn!

Die rein auf ihre Funktion hin ausgerichtete Bauweise des U-Bahnhofs umschloss ihn mit einer leichenkalten Sterilität.

Sein Herz schlug ihm bis zum Hals.

Nicht wegen ihrer halsbrecherischen Jagd.

Sondern wegen seiner Furcht, die er jenem Ort entgegenbrachte. Seiner Furcht und seinem Hass!

Er keuchte; hatte großes Verlangen, seine Augen zu verschließen.

Doch er tat es nicht.

Stattdessen blickte er sich auf dem U-Bahnsteig nach der Diebin um.

Nicht eine einzelne Menschenseele trieb sich zwischen den kachelumantelten Pfeilern herum und der schwere Atem des Eindringlings in jene Stille erzeugte ein unheimliches Echo in den Winkeln des kalt beleuchteten Gangs.

Jenseits der steil abfallenden Bahnsteigkante führten die Gleise wie ein unvermeidbarer Pfad hinein in die düsteren Tunnel, und die Schwärze jener Löcher gähnte ihn an wie ein Schlund, der seine panische Angst verhöhnte.

Seine Stirn war schweißgebadet.

Dann fiel sein Blick auf die Wand des Bahngleises. Eine Wand des Schreckens, gekleidet in eine Unzahl an Suchplakaten, zu deren Füßen vertrocknete Blumen und schmutzige Stofftiere aufgebahrt waren.

Er zwang seinen Blick wimmernd von der Wand fort.

Das Verlangen, die Augen zu schließen, schien übermächtig.

Doch er widerstand: Seine Augen blieben geöffnet.

»Jonathan ...!«, keuchte Daphne neben ihm, entsetzt darüber, wohin sie ihre halsbrecherische Jagd verschlagen hatte.

Sie war ebenfalls hinabgestiegen – hatte ihn nicht alleingelassen.

Tat es auch jetzt nicht, obwohl ihre Furcht der seinen gleichkam.

»... ich weiß«, hauchte er.

Er hätte ein Dankeschön hinzugefügt, das aus den Tiefen seiner zugeschütteten Seele hinaufgestiegen wäre.

Doch stattdessen hob er mahnend seine Hand.

Denn er hatte in seinem Augenwinkel etwas gesehen!

Er strengte sich an; kämpfte gegen den

unheimlichen Drang an, seine Lider zu senken, sodass ihm bald der Kopf schmerzte.

Und endlich bemerkte er einen huschenden Schatten, der hinter einem der kalten Pfeiler des Bahnsteigs verschwand.

Einen Schatten mit einem blonden Schopf!

Er grinste einen Wimpernschlag lang.

Siegessicher.

Dann aber verwehte seine Willensstärke.

Denn er fühlte sich mit einem Mal wie erstarrt. Sein Versuch, nur einen Schritt auf dem langen Bahnsteig voranzusetzen, blieb erfolglos.

Schweiß lief ihm kalt über den Rücken. In Windeseile war seine Kleidung mit Schweiß durchtränkt und gemeinsam mit dem Regen legte sie sich über seine Glieder wie eine glitschige zweite Haut, die er nur zu gern abgestreift hätte.

»Wir …«, begann er zögerlich.

Er wollte probieren, wenn er schon wie festgewurzelt war, wenigstens von seiner Stimme Gebrauch zu machen.

Doch er bemerkte, dass er auch darüber kaum noch Gewalt hatte.

»… wir wollen dir nichts tun«, stammelte er. »Wir wollen nur die Brieftasche zurück.«

Seine Frau trat neben ihn. Sie schien nicht von derselben Starre befallen zu sein und unterstützte ihn: »Wir werden nicht die Polizei rufen«, beteuerte sie.

»Doch, natürlich werden sie das«, kam es nach einer Weile widerborstig zurück.

Plötzlich lugte der Blondschopf hinter dem Versteck hervor, von dem sie bemerkte, dass es längst keines mehr war.

»Aber Sie kriegen mich nicht«, behauptete sie.

Daphne blickte zu ihrem Ehemann hinüber und griff noch einmal seine Hand; drückte fest.

Und dann war der schreckliche Bann ein wenig gemildert: Er tat einen Schritt vor den anderen, immer schneller, immer sicherer.

Sie näherten sich dem Versteck der Diebin, und sie hörten es dahinter schwer atmen, als würde sie dort beharrlich nach einem Ausweg suchen.

Aber keinen finden.

»Wir wollen nur die Brieftasche zurück«, wiederholte Jonathan.

»Kommen Sie verdammt nochmal nicht näher!«, rief die in der scheinbaren Falle Sitzende da hinüber, löste sich aus ihrem Versteck und glitt etwas tiefer den Bahnsteig hinab.

Dann hörte sie etwas! Für einen Augenblick lugte sie hinein in den pechschwarzen Tunnel.

Und ihre beiden Verfolger hörten es auch: ein unheilvolles Rumpeln, das sich aus der Dunkelheit des Tunnels erhob.

Ein Zug näherte sich!

»Hör zu«, bat Jonathan, »wir wollen nicht einmal die Brieftasche zurück. Du kannst das Geld behalten. Aber es ist etwas darin, das für uns sehr wichtig ist.«

Er war zu Kompromissen bereit.

Denn das, was sich anbahnte auf eisernen Schienen, ging zu weit.

Dorthin wollte er ihr auf keinen Fall folgen!

Plötzlich leuchtete der Tunnel grell auf und als wäre er von einem auf den anderen Moment einfach da, strömte der Zug polternd aus dem Tunnel heraus und verlangsamte quietschend seine Fahrt.

Das Ehepaar überwand jede Steifheit ihrer Muskeln und eilte voran. Doch es war ihnen, als liefen sie auf Schlamm, so träge kamen sie voran.

Die blonde Diebin dagegen hatte diese Schwierigkeit nicht!

Als der Zug endgültig zum Stehen kam und sich die Türen des nächstliegenden Wagens öffneten, stürmte sie hinein.

»Nein!«, rief Jonathan.

Dann verlor er die Kontrolle über sich.

Seine Beine verkrampften und er stolperte vor; seine Frau zog er mit sich.

Gemeinsam stürzten sie hinter dem Blondschopf in den U-Bahnwagen. So als hätte sie irgendetwas geradewegs hineingestoßen!

Und kaum waren sie drinnen, schlossen sich die Türen hinter ihnen.

DREI

Auf den ersten Blick schien der Wagen, den sie betreten hatten, wie ausgestorben. Ein grelles, kaltes Licht beleuchtete leere Sitzplätze, die geduldig verharrten wie die Bänke einer Totenkapelle.

Jonathan fuhr herum. Sein einziges Ziel war es, nach der blonden Diebin zu suchen, welche unmöglich verschwunden sein konnte.

Da deutete Daphne mit einem spitzen Ruf auf einen Schemen jenseits der Übergangstür zum nächsten Wagen. Einen Schemen mit einem blonden Schopf!

Und als hätte sich die junge, blonde Frau ertappt gefühlt, schaute sie sich kurz um und ihr besorgter Blick begegnete ihren beiden Verfolgern.

Jene stürmten hinter ihr her. Die Steifheit, welche ihre Gliedmaßen zuvor gebannt hatte, war von ihnen abgefallen.

Dann plötzlich durchfuhr ein Beben den Wagen und der Zug setzte sich in Bewegung.

Es brachte die beiden aus dem Gleichgewicht. Sie fingen sich schnell. Doch da war noch etwas anderes: Jonathans Knie zitterten und die Fingernägel seiner Frau bohrten sich in die Haut auf seinem Handrücken.

Vor einem Augenblick hatten sie noch zu hoffen gewagt, dass sie die U-Bahn hätten verlassen können, nachdem sie die Diebin gefasst hätten.

Bevor der Zug losfahren und seine unwillentlichen Fahrgäste einsperren würde!

Bevor der eiserne Leib sie unweigerlich in unheilvolle Richtungen ziehen würde, in die sie nicht gehen wollten!

Nun gab es kein Zurück mehr. Jonathan wusste das und stützte sich am nächstgelegenen Griff ab, stolperte zum nächsten, strauchelte und schob seinen widerspenstigen, zitternden Körper weiter und weiter.

Gemeinsam erreichten sie den Wagenübergang, öffneten die Tür und traten hindurch.

Der einstige Bauarbeiter keuchte; seine schwitzige Hand fasste die Lehne von einem der Sitzplätze, damit er sich aufrechthalten konnte.

Der Wagen, den sie betreten hatten, war

ebenfalls beinahe menschenleer, und er ähnelte dem ersten auf eine unheimliche Weise.

Doch zwei Schemen taten sich vor der kargen Inneneinrichtung ab.

Einer von ihnen war die Diebin. Sie wich zu einem der hintersten Plätze zurück, so als könne sie ihren Verfolgern allein dadurch entkommen, das sie sich in den hintersten Winkel des Wagens flüchtete.

Doch das war nicht der Grund, warum sie diesen Ort gewählt hatte.

Denn da war noch der zweite Schemen. Und je näher die gehetzten Leiber des Ehepaares herantraten, umso deutlicher trat jene Gestalt aus der Unkenntlichkeit hervor.

Dorthin, wohin die blonde, junge Frau zurückgewichen war, saß ein Mann. Ein Mann wie ein Fels.

Er war groß, schwer und gekleidet in einen weiten Mantel, der ihn noch enormer wirken ließ. Aus dem Mantel schälte sich ein fleischiger, kahler Kopf, dessen Haut schlaff herunterhing und sich an seinem Hals wie ein Batzen Stoff zusammenfaltete.

Die Lippen jenes alten, rüstigen Mannes zeugten von erheblicher Bitterkeit, doch als sie noch nähertraten, bemerkten sie, dass seine Augen geschlossen waren.

Er schlief.

Die Diebin duckte sich hinter ihn, dass es ihr keine Probleme bereitet hätte, gänzlich hinter jener menschlichen Mauer zu verschwinden.

Eines stand für ihre beiden Verfolger fest: Sie war nun nicht mehr allein. Und das würde die Angelegenheit noch schwieriger machen.

Der Blondschopf lugte kurz zu den beiden hinüber, dann grinste sie böse und stieß den riesenhaften Mann mit dem Ellbogen an.

Als jener keinerlei Regung zeigte, weitete sie erschrocken die Augen und probierte es noch einmal. Und ein drittes Mal.

Plötzlich erwachte der alte Mann. Er riss seine Augen auf und starrte einen Augenblick in die Leere, so als hätte man ihn aus einem Albtraum herausgerissen.

Der riesenhafte Mann hustete bös, dann murrte er und seine Augen rollten herum.

Auch seine Finger begannen, sich zu bewegen. Zunächst waren die Regungen seiner Finger langsam und ungelenk, so als plagten Steifheit und Schmerzen seine Glieder.

Dann wurden die Bewegungen weicher, und da fielen die aneinandergereihten Perlen einer Kette aus seiner geschlossenen Hand und baumelten von seinen Fingern herab.

Am Ende jener Perlenkette befand sich ein Kreuz. Schwer wirkte es, so als müsse sein Träger eine große Last mit sich herumschleppen.

Es war ein *Rosenkranz*.

Während sein Besitzer die feinen Kügelchen durch seine Finger gleiten ließ, verschaffte er sich einen Überblick; schaute erst ungläubig an die Decke und die Wände des U-Bahnwagens, dann zu dem jungen Blondschopf und schließlich zu den zwei Menschen, die sich stolpernd und strauchelnd auf sie zubewegten wie zwei Betrunkene.

Und als Jonathan und Daphne noch etwas dichter herankamen – die Augen in einer unverkennbaren Entschlossenheit fest auf die junge Frau gerichtet –, da richtete sich der alte Mann zu seiner vollen Größe auf.

Er war wahrhaftig ein Riese! Er musste den Kopf etwas schieflegen, damit er mit seinem kahlen Haupt nicht gegen die Decke des Wagens stieß.

Die junge Frau fasste den Arm ihres neuen Beschützers; doch es war zu erahnen, dass sie ihm noch nie zuvor begegnet war.

Doch der Riese tat, was jeder gute Mensch tun würde, der von der Situation nicht besser Bescheid wusste: Er verbarg die Hilfesuchende in seinem breiten Rücken und streckte seine riesige Hand warnend ihren Verfolgern entgegen.

Jonathan ließ sich von der Geste nicht beeindrucken; er war grobe Auseinandersetzungen gewöhnt, das Aufeinandertreffen unnachgiebiger

Geister.

Er war dereinst selbst jemand gewesen, der niemals aufgegeben hatte und mit Schweiß, Muskeln und Willenskraft seinen Willen mit allen Mitteln durchgesetzt hatte. Und er malte sich aus, dass wohl noch ein Funken seiner alten Körperkraft zur Verfügung stehen würde, sollte es darauf ankommen.

Der Schweiß stand ihm auf der Stirn und sein Blick haftete auf den raschen Fingern der Diebin, mit denen sie soeben einen Gegenstand in den Tiefen ihrer Jacke verschwinden ließ.

Die *Brieftasche*!

Dieser alte Mann, egal wie groß, würde ihn nicht aufhalten, dachte der abgezehrte Verfolger mit den noch immer breiten Schultern.

Er würde die Brieftasche zurückbekommen!

Deshalb probierte er, an dem Riesen vorbeizugehen; ihn gänzlich zu missachten.

Doch jener wusste nichts von alldem. Weder von dem Diebstahl, noch von dem Blondschopf, noch von der Entschlossenheit ihrer beiden Verfolger.

Deshalb hielt er den Mann zurück, der sich um ihn herumschleichen wollte, um nach der blonden, jungen Frau zu langen.

»Lassen Sie das Mädchen in Ruhe!«, verlangte der Riese mit einem donnernden Groll in seiner Stimme.

»Gehen Sie mir aus dem Weg!«, forderte Jonathan zischend, sah den alten Mann jedoch nicht an, sondern haftete mit den Blicken auf der in seinem Rücken Verborgenen.

Als er noch einmal probierte, an dem Fels vorbeizugehen, stieß ihn der Riese zurück.

Es war eine Kraft in diesem Stoß, mit der der einstige Bauarbeiter nicht gerechnet hatte. Er landete einige Schritt entfernt auf dem Rücken, ächzte und schüttelte den Kopf.

Wütend erhob er sich; blickte nun zum ersten Mal in die Augen desjenigen, der ihn gestoßen hatte.

Und erkannte darin eine eiserne Entschlossenheit.

Dieselbe Entschlossenheit, die auch ihm selbst Kraft verlieh!

Daphne bemerkte, dass die zwei Willenskräfte jeden Moment auf eine sehr körperliche Weise aufeinanderprallen konnten!

Doch es gab noch andere Wege.

Deshalb ging sie dazwischen, hielt den einen und den anderen voneinander ab, als wollte sie zwei Stiere gleichzeitig im Zaum halten.

Und auf eine eigenartige Weise gelang ihr das.

»Bitte«, sagte die schwarzhaarige Frau. »Bitte nicht.«

Sie richtete ihre Bitte an sie *beide*.

Dann aber wandte sie sich unmittelbar an den

alten Mann: »Wir wollen nur etwas zurückhaben. Etwas, das sie uns gestohlen hat. Die junge Frau selbst …«

Daphne schaute dem Blondschopf in die Augen. Sie lugte gerade nur einen Deut hinter dem Riesen hervor.

Einen Augenblick zögerte sie weiterzusprechen.

Dann aber sagte sie kalt: »… die junge Frau interessiert uns nicht.«

Einen Moment lang glitt der Blick der Diebin betroffen zu Boden. Dann löste sie ihre Hand vom Arm ihres Beschützers.

»Ist das wahr?«, grollte jener mürrisch und wandte seinen Blick zu der jungen Frau in seinem Rücken um, ohne seine mächtige Front von seinem möglichen Gegner abzuwenden.

Jonathan erkannte, dass die Finger des anderen in rasche Bewegung geraten waren. Perle für Perle wanderte über die Fingerkuppen und rollte auf der anderen Seite wieder heraus.

Auch das Kreuz wanderte hindurch. Doch für einen Augenblick lang hielt er es zwischen Daumen und Zeigefinger. Seine Hand begann dabei zu zittern, so als beuge sie sich einen Moment lang in Demut vor dem Gewicht jenes heiligen Symbols.

Es musste ein tiefgläubiger Mensch in jener faltigen Haut stecken, grübelte Jonathan.

Und mehr und mehr bemerkte er, dass der

andere kein echtes Interesse an einer Auseinandersetzung hatte. Er wäre einer solchen nicht aus dem Weg gegangen, aber es verlangte ihm nicht danach.

Er hatte nur gehandelt, wie es ihm richtig erschien.

Im Grunde war jener alte Kerl gar nicht so übel, entschied Jonathan, und mit einem Mal fühlte er sich selbst schuldig.

Die junge Frau aber schüttelte zögerlich den blonden Kopf zur Antwort auf die Anklage.

Zu zögerlich.

Vielleicht wusste sie, dass sie verloren hatte.

Und als Bestätigung zu dieser Befürchtung murrte der Riese misstrauisch.

Und während der Widerstand der Diebin verschwand, kühlte sich Jonathans erregtes Gemüt immer mehr ab. Es gewann die Formen gesunden Menschenverstandes zurück, und plötzlich sah er in den Augen des Blondschopfs nur all die Sorgen, die sie plagen mussten. All die bittere Traurigkeit, die ihm schon aufgefallen war, als er sie zum ersten Mal flüchtig angeblickt hatte.

Er begann zu verstehen, *warum* sie getan hat, was sie alle letztendlich hergeführt hat.

Er und seine Frau hatten das Mädchen in die Enge getrieben.

Doch damit wollte er es genug sein lassen.

»Hör zu!«, bat Jonathan und seine Stimme

gewann an Ruhe und Festigkeit.

An Mitleid.

Doch eine gewisse Hast verweilte in seiner Stimme.

Denn da war noch immer jener unheimliche Ort, den er so schnell wie möglich verlassen wollte!

»Meinetwegen kannst du das Geld behalten«, bot er an. »Aber bitte gib uns die Brieftasche zurück. Es ist etwas darin, das uns sehr wichtig ist.«

Er grübelte, ob es angebracht sein könnte, die Wahrheit noch etwas deutlicher kundzutun.

Ratsuchend blickte er zunächst in die Augen seiner Frau.

Dann in die des alten Mannes mit dem Rosenkranz.

Und als er beide Blicke erforscht hatte, entschied er, dass es ein guter Weg war.

»Ein Foto. Das Foto unseres Sohnes«, fügte er hinzu.

»Warum macht ihr nicht einfach ein Neues?«, gab die junge Frau da widerborstig zurück.

Sie glaubte dem Mann nicht.

Da murrte der Riese noch einmal, und der ängstliche Blick der blonden Diebin machte klar, dass sie sich bewusst war, dass jener die Seiten gewechselt hatte.

»Weil er gestorben ist«, hauchte Daphne da und

eine Träne rann ihr aus dem Auge.

Ihr Ehemann bemerkte das Glitzern jener Träne aus seinem Augenwinkel, wandte sich von dem Blondschopf ab und nahm seine Frau behutsam in den Arm.

Als er ihre Kleidung und die warme Haut ihrer Wangen berührte, war es ihm, als spürte er seit langer Zeit, dass *sie* noch am Leben war.

Und er schwor sich, das nicht wieder zu vergessen.

»Gib die Brieftasche zurück«, verlangte der Riese da.

Denn er war sich nun sicher, wer wer war in diesem eigenartigen Zusammentreffen!

Da griff die Diebin schnaufend in ihre Jackentasche und holte den verloren geglaubten Gegenstand heraus.

Der alte Mann nahm ihn ihr aus der Hand und reichte ihn den beiden anderen.

Jonathan griff hastig zu, doch da bemerkte er, dass der andere noch daran festhielt.

»Damit wollen wir es gutsein lassen, nicht wahr? Es ist ja nichts Schlimmes passiert«, raunte der Riese und blickte sein kleineres Gegenüber ernst an.

»Selbstverständlich«, antwortete jener sofort und nickte, um jedes Missverständnis aus der Welt zu schaffen.

Er nickte auch *ihr* zu: dem Blondschopf.

Sie sah den Mann, den sie bestohlen hatte, misstrauisch an.

Doch langsam kühlte sich auch ihr Gemüt erheblich ab.

Da lösten sich die dicken, kräftigen Finger des Riesen von der Brieftasche.

Jonathan öffnete sie sofort und lächelte, als er darin das Foto erblickte.

Auch seine Frau lachte weinend, als sie es sah, und schmiegte sich zurück an ihren Ehemann.

Plötzlich durchfuhr ein weiteres Rumpeln den Zug – er verlangsamte mehr und mehr die Fahrt.

»Die nächste Haltestelle«, raunte der alte Mann und blickte aus einem der Fenster. »Mal sehen, wo wir sind. Ich scheine eingeschlafen zu sein.«

Noch herrschte Dunkelheit vor dem Fenster.

Eine rauschende, beklemmende Dunkelheit, die gelegentlich von einem grellen Lichtpunkt durchbrochen wurde.

»Gut, gut«, meinte Jonathan atemlos, griff die Hand seiner Frau und drückte sie fest.

»Warum sind Sie so nervös?«, erkannte der alte Mann da; stellte die Frage beiläufig und einfühlsam, dass sie eine eigenartig beruhigende Wirkung hatte.

Der einstige Bauarbeiter schüttelte den Kopf. »Das ist eine lange Geschichte.«

Der Riese nickte: »Sie haben Recht, die Fahrt wäre längst vorüber, bevor ich sie gehört habe, nicht wahr?«

»Ich …« Jonathan stotterte; fühlte sich beinahe schuldig, derart harsch geantwortet zu haben.

Doch der andere vergab ihm rasch: »Ist schon gut.«

Schon gut – Jonathan wusste, dass es der riesenhafte Mann nur gutmeinte.

Doch nun, da der Diebstahl aus der Welt geschafft war, kehrte das Bewusstsein dafür zurück, *wo* er sich befand.

Er starrte in die Dunkelheit hinter den Scheiben. Die wabernde Finsternis, die den Zug von allen Seiten umschloss und niemals wich.

Jeden Augenblick konnte sie die Illusion der Geborgenheit, die das kümmerliche Licht des Wagens hervorbrachte, zerreißen!

Er lauschte dem schrillen Quietschen der Räder und es war ihm, als schnitten ihm die eisernen Scheiben durch sein Fleisch!

»Also, wo sind wir?«, hauchte er und krallte sich in seine Frau.

»Hm …«, machte der alte Mann und duckte sich etwas, um weiter durch das Fenster sehen zu können.

»Gibt es hier nicht irgendeine Durchsage? Einen Plan oder eine Anzeige?«, erkundigte sich Jonathan nervös.

Der Riese schüttelte den Kopf. »Nein. Machen Sie sich keine Sorgen.«

Dann plötzlich wechselte die Dunkelheit vor den Fenstern mit einem gleißenden Licht.

Einen Augenblick lang blendete es sie.

Sie *alle*!

Dann schälten sich die Konturen der U-Bahnstation aus dem Licht: dieselben kalten, anspruchslosen Formen wie bei der letzten.

»Was soll das?«, murmelte der alte Mann.

»Was haben Sie?« Jonathan schnappte nach Luft.

Er spürte eine gewisse Unruhe in der Stimme des alten Mannes. Und wenn etwas einen Riesen wie ihn beunruhigen konnte, wie mochte es da jemand anderen erschüttern?!

»Ich sehe keine Stationsschilder«, erklärte der alte Mann und meinte: »Und keine Menschen. Dabei sind es zu dieser Zeit immer ein paar.« Er plapperte: »Wissen Sie, diese ganzen Vermissten jagen vielen U-Bahnfahrern eine gehörige Angst ein. Deswegen sind es nicht einmal zu den Stoßzeiten so viele Menschen wie früher. Aber einige sind immer da. Denn wir Menschen denken sehr einfach: *Mich* wird es schon nichts angehen. Es ist leicht, etwas zu leugnen, wenn man nicht selbst davon betroffen ist.« Er atmete schwer. »Wenn man es dann aber plötzlich doch ist …«

Er schüttelte den Kopf; legte dann beide Hände gegen die Scheibe und lehnte sich vor, um genauer hinsehen zu können und weitere Winkel der

Haltestelle zu erforschen.

Das Kreuz des Rosenkranzes klapperte in einem unheilvollen Rhythmus gegen das Glas.

Auch Jonathan und Daphne blickten hinaus.

Wahrhaftig: Der Bahnsteig war vollkommen menschenleer!

»Das spielt keine Rolle«, sagte die schwarzhaarige Frau bestimmt. »Wir steigen hier aus.«

Sie wandte sich zu ihrem Ehemann.

Er nickte dankend.

Der Riese aber murrte. Inzwischen hatte der Zug seine Fahrt stark verlangsamt.

Doch statt anzuhalten, beschleunigte er plötzlich erneut!

»Was soll das?!«, erklang in jenem Moment eine helle, widerborstige Stimme. »Warum sind wir hier einfach durchgefahren?«

Es war die Stimme des Blondschopfs.

Die junge Frau presste sich neben den anderen dreien dicht an die Scheibe; drückte ihre Stirn dagegen wie gegen eine unsichtbare Wand.

Sie starrte hinaus, dann ballten sich ihre Hände zu Fäusten und sie prügelte damit gegen das Glas.

»Ganz ruhig«, raunte ihr der alte Mann zu. »Vielleicht haben sie den Zug umgeleitet. Das kommt manchmal vor. Diese Haltestelle ist sicherlich schon länger nicht mehr in Gebrauch. Wir werden bald die nächste erreichen. Ab dort werde ich sicher wissen, wo wir sind.«

Das klang überzeugend, urteilte Jonathan.

Daphne dagegen blickte besorgt auf die junge Frau.

Die gutgemeinten Worte hatten sie keinen Deut beruhigt.

»Nein«, keuchte der Blondschopf.

In ihre Stimme hatte sich eine tiefe Beunruhigung geschlichen, eine böse Vorahnung, die – einmal gesät – mit jedem Moment anwuchs.

Völlig aufgerieben meinte sie daraufhin: »Hier stimmt etwas nicht. Hier stimmt etwas ganz und gar nicht. Ich will hier raus!«

Wie wild prügelte sie gegen die Scheibe, brüllte dabei.

Das Ehepaar sah einander an. Die Worte des alten Mannes hatten ihre eigene Besorgnis ein wenig gemildert.

Doch als sie die tobende junge Frau sahen und ihre unheilvollen Vermutungen hörten, da glaubten sie plötzlich selbst, etwas Unheimliches zu spüren, das jenen Zug in jenen unterirdischen Tunneln erfasst hatte.

Während die beiden überlegten, was zu tun sei, fasste der Riese die junge Frau kurzerhand bei den Schultern und zog sie von der Scheibe weg.

Sie wehrte sich gegen die Beruhigung; starrte hinaus auf den Bahnsteig, der sich in jenem Moment davonschob und derselben elendigen

Finsternis wich, durch die sie bereits gefahren waren. Wieder wurden die Fenster in dem grell erleuchteten U-Bahnwagen zu den schwarzen, leblosen Augenhöhlen eines Totenschädels!

»Beruhige dich!«, verlangte der alte Mann grollend.

Doch der Blondschopf wand sich aus seinem Griff und stürmte durch die Übergangstür zum nächsten Wagen davon.

»Ich gehe ihr nach«, beschloss er keuchend.

Er wartete nicht darauf, was die beiden anderen dazu zu sagen hatten; sprach es mehr zu sich selbst als zu jemand anderem.

Als die letzte Silbe verklungen war, hatte der riesenhafte Mann bereits seinen Körper hinuntergebeugt und sich durch die enge Tür geschoben.

Jonathan und Daphne blickten einander kurz an und sahen sich dann in dem nun endgültig verwaisten Wagen um. Und als ihre Augen über das in kaltes Licht getauchte Nichts huschten, beschlossen sie jeder für sich und doch gemeinsam, dass sie den beiden anderen folgen würden.

Denn in dem rollenden Sarg allein sein, das wollten sie keinesfalls!

Als sie die Tür erreicht hatten, hörten sie dahinter die junge Frau wie wahnsinnig brüllen: »Wo sind denn alle? Warum ist hier niemand?«

Daphne schlug die Hand vor den Mund, und ihre Augen rollten hinüber zu ihrem Ehemann.

Sie brachte es nicht fertig, die Tür zu öffnen; weiterzuschreiten in die nächste Stufe dieses seltsamen Albtraums.

Jonathan zögerte einen Moment, dann raffte er seinen Mut zusammen, packte den Griff und zerrte die Tür auf.

Als sie sich durch den geöffneten Durchgang hindurchschoben und in den nächsten Wagen eintraten, bot sich ihnen dasselbe erschreckende Bild wie beim letzten Mal.

Vollkommene Leere!

Das Ehepaar hielt einander an den Händen; jeder von ihnen drückte fest zu, als könnte jeden Moment einer von ihnen von dem anderen fortgeweht werden.

Ein paar Schritte vor ihnen hatte der Riese die Arme um die junge Frau geschlagen wie eine Schlange, die ihr zappelndes Opfer festhält.

Doch selbst in dieser Falle nutzte der Blondschopf die Beine, um mit den Füßen auf die Scheibe einzutreten, welche den Zug zu einem Gefängnis machte.

»Warum ist niemand hier?«, brüllte sie dabei.

»Weiß der *Teufel* warum!«, grollte der alte Mann zur Antwort.

Jonathan und Daphne erschraken, als er jenes eine Wort aussprach.

Aus seinen Lippen klang es nicht wie irgendein beiläufig ausgesprochener Fluch.

Aus seinem Mund klang jenes unwirkliche Wort wie eine bittere Wahrheit!

Die junge Frau empfand es genauso: Als die Silben jenes Wortes erklangen und hinausgetragen wurden in die Welt, da entfachten sie ihre Panik noch mehr.

Sie war völlig außer sich.

Doch plötzlich wandelte sich ihr Zorn in wildes Gestammel. Sie bebte in der festen Umarmung, schwitzte, und statt weiterhin gegen die Scheibe zu treten, zappelten ihre Beine willkürlich umher wie die letzten Zuckungen eines in der Falle gefangenen Tieres.

Sie versuchte zu atmen, doch es schien, dass sie keine Luft bekam.

»Lassen Sie sie los«, empfahl Daphne eindringlich.

Der alte Mann raunte ein leises »Ja«. Langsam löste er seinen festen Griff und legte die junge Frau behutsam auf dem Boden ab, denn ihre Knie gaben unter ihr nach.

Kaum war die Falle gelöst, wandelte sich ihr Verhalten erneut: Sie wurde ruhig, unendlich ruhig.

Leise säuselte sie: »Ich will hier raus. Lasst mich bitte hier raus!«

Sie weinte.

»Gibt es hier eine Notbremse?«, erkundigte sich Jonathan bei dem riesenhaften Mann.

Da hob der alte Mann den Kopf; lauschte und beobachtete die rauschende Dunkelheit vor den Fenstern.

»Das wird nicht nötig sein«, erwiderte er.

Ein feines Lächeln umspielte seine Lippen, ganz kurz nur.

Es war ein Lächeln der *Erleichterung*.

»Wir halten! *Gott sei Dank*, wir halten!«, rief er, so laut, dass er selbst zu der jungen Frau hindurchdringen musste, deren Verstand sich in einem Dickicht aus Furcht verirrt hatte.

Es gelang! Kaum waren die Worte des alten Mannes verklungen, entspannte sich ihr Körper. Sie gewann die Kontrolle darüber in einem Wimpernschlag zurück; ihre Bewegungen gewannen an Festigkeit.

Sie erhob sich rasch; die großen Hände des Riesen berührten sie vorsichtig, um sie zu stützen, sollte es notwendig werden.

Sie spürte, dass die Worte des alten Mannes wahr waren.

Und da spürten es auch Jonathan und Daphne: Der Zug verlor an Geschwindigkeit.

»Dieses Mal halten wir wirklich, nicht wahr?«, hoffte die schwarzhaarige Frau und lehnte sich ans Fenster.

Die dunklen Tunnel krochen langsamer und

langsamer dahinter vorbei, bereits in ein kümmerliches, immer stärker werdendes Licht getaucht.

»Da vorne ist ganz sicher eine Station«, raunte der Riese, wurde sich bewusst, dass der junge Blondschopf ihn anblickte und nickte ihr mutmachend zu.

»Wo immer wir hier sind, wir steigen aus!«, bekräftigte Jonathan, was jeder von ihnen längst beschlossen hatte. Und aus dem Augenwinkel sah er auch den Riesen eifrig nicken.

Der Blondschopf hatte sich von den anderen gelöst und hielt bereits an der Haltestange vor dem Ausgang fest.

Noch einmal fiel ihr Blick von dem hoffnungsspendenden Licht jenseits der Fenster ab und hinüber zu einem der Sitzplätze, die, wie seit Ewigkeiten verlassen, einsam durch die Finsternis rollten.

Sie sah etwas darauf liegen. Etwas, das sie nicht begriff, dessen Anblick sie jedoch auf eine eigenartige Weise anzog.

Sie huschte rasch hinüber und griff danach; steckte es dann ein, bevor sie verstand, was sie eigentlich an sich genommen hatte.

Ein ungleichmäßiges Rumpeln ließ sie dieses Geschehnis beinahe vergessen und brachte sie in das Hier und Jetzt zurück.

»Sobald die Türen offen sind, springe ich raus«,

meinte sie, als sie sich wieder sicher vor dem Ausgang positioniert hatte.

Jonathan lächelte und nickte den beiden anderen zu. »Das tun wir alle, nicht wahr?«

Seine Frau und der alte Mann lächelten ebenfalls. Nickten.

Dann wechselte die Dunkelheit vor den Fenstern mit dem grellen Licht des Bahnsteigs.

Es blendete sie; sie alle mussten einen Augenblick die Hände zum Schutz vor ihre Augen halten.

Sie wandten sich von den Fenstern ab und nahmen vor der Tür Aufstellung wie eine Gruppe von Athleten an ihren Startblöcken.

»Bitte, halte an!«, flüsterte Daphne wie in einem stillen Gebet.

Und tatsächlich hielt der Zug mit einem lauten Quietschen endgültig an.

»Bitte, öffne die Türen!«, flüsterte sie.

Dann schoben sich die Türen auseinander, und gemeinsam traten sie hinaus in das grelle Licht des U-Bahnsteigs.

VIER

»Was ist hier nur los?«, murmelte der alte Mann und ließ den Blick über den Bahnsteig gleiten, so weit seine Augen reichten.

Die Perlen des Rosenkranzes huschten durch seine ruhelosen Finger.

Auch diese Haltestelle war vollkommen verlassen!

Der U-Bahnsteig glich dem anderen auf eine unheimliche Weise und empfing die vier mit seiner unergründlichen Leere zwischen den gekachelten Wänden und stummen Pfeilern.

Und dieselben schrecklichen Porträts kleideten die bleichen Wände. Dieselbe entsetzliche Galerie aus faltigen Suchplakaten.

Doch einen einzigen Unterschied gab es: Auf

irgendeine nicht greifbare Weise schien der Bahnsteig noch kälter, noch verlorener zu sein.

Und da war noch etwas anderes, das den riesenhaften alten Mann beunruhigte. Die faltige Haut seines Halses zitterte, als er es raunend aussprach: »Ich sehe nirgendwo ein Stationsschild.« Und er fluchte: »Wo zum *Teufel* sind wir?«

Wieder erschraken Jonathan und Daphne, als er jenes Wort aussprach. Ein Wort wie ein frostiger Luftzug, der einem über den schweißnassen Rücken strich.

Bevor sie weiter darüber nachgrübeln konnten, hatte Jonathan eine Idee: »Gehen wir nach vorne zum Zugführer. Er wird es uns sagen können.«

Während er noch sprach, hastete er bereits den Bahnsteig hinunter, um das vordere Ende des Zuges zu erreichen.

Und während er so spurtete, legte er den Kopf schief, um ein kleines Stück weiter voranblicken zu können.

Doch das Ende des Zuges konnte er nicht einmal erahnen!

Er sah das lange, metallene Ding wie irgendeine hässliche Innerei auf den Gleisen liegen und sich elendig lang ausstrecken.

»Verdammt!«, fluchte er und beschleunigte seinen Schritt weiter; rannte immer schneller.

Der U-Bahnsteig schien sich endlos

auszudehnen. Dabei war er sich sicher, niemals so schnell gelaufen zu sein wie in jenem Augenblick.

Endlich sah er ein Ende des langen Korridors aus Kacheln. Er sah den Tunnel, der seinen schwarzen Schlund am Ende des Bahnsteigs aufriss.

Und wenn ihn nicht alles täuschte, dann versank das vordere Ende des langen Zuges bereits wieder in jenem schwarzen Loch.

»He!«, brüllte der einstige Bauarbeiter.

Dann hörte er neben sich das leise Schleifen irgendeines Mechanismus'.

Er blickte zur Seite und zu den nächstgelegenen Wagen, die er einen nach dem anderen hinter sich ließ.

Da bemerkte er, dass sich die Türen schlossen!

Beiläufig lugte er hinein durch die schmierigen Fenster der U-Bahn und sah darin nichts als Leere.

»He!«, brüllte er noch einmal durch seine wundgehechelte Kehle.

Da durchfuhr den Zug ein Rumpeln. Es quietschte. Und schließlich kreischten die eisernen Räder schleifend über die Schienen, als sich das Gefährt in Bewegung setzte.

»He!«, krächzte Jonathan noch einmal kraftlos.

Dann beschleunigte die U-Bahn mehr und mehr. Die Wagen, die er noch eben hinter sich gelassen hatte, holten ihn Stück für Stück ein.

Wimmernd und keuchend stolperte der Mann,

fiel hart auf die Knie und schaute dem Zug hinterher, wie er in die unterirdischen Tiefen des U-Bahn-Netzes eindrang!

Eine Weile hockte er dort auf seinen schmerzenden Knien; die Rücklichter des Zuges wurden in der Finsternis des Tunnels kleiner und kleiner, bis sie schließlich ganz verschwanden.

Aus seinem Augenwinkel sah er plötzlich seine Frau Daphne. Sie atmete schwer; schwitzte.

Dann setzte sie sich vor ihn und nahm sein weinendes Gesicht in ihre weichen, warmen Hände.

Sie war hinter ihm hergehechtet, als er seinen erbitterten Wettlauf begonnen hatte.

Die anderen waren es auch.

»Keine Sorge«, sprach die schwarzhaarige Frau ihrem Ehemann zu. Dann musste sie lange und tief einatmen, um wieder Luft zu bekommen.

Kurz darauf machte sie ihm Hoffnung: »Das Wichtigste ist doch, dass wir aus diesem Zug heraus sind.«

Damit hatte sie ganz Recht, stimmte er ihr innerlich zu und nickte.

Doch das seltsame Gefühl blieb, und immerzu echoten die Worte des Blondschopfs in seinem Kopf: *Hier stimmt etwas nicht. Hier stimmt etwas ganz und gar nicht.*

»Was hat das alles nur zu bedeuten?«, hörte er da ein Murmeln in seinem Rücken.

Es war die Stimme des alten Mannes.

Und es steckte etwas Unheilvolles darin!

Das Ehepaar drehte sich herum, und da sahen sie den Riesen, wie er hastig den Kopf von einem Ende des Bahnsteigs zum anderen huschen ließ.

Die schlaffe Haut seines Gesichts zitterte ihm und seine Lippen formten zusammenhanglose Silben.

»Was haben Sie?«, fragte Daphne, und sie musste dieselbe Frage noch einmal etwas eindringlicher wiederholen, um zu ihm durchzudringen.

»Der Ausgang …«, begann er dann stammelnd. Doch er brachte es nicht fertig weiterzusprechen.

»Sie haben Recht«, erwiderte sie da hastig, nickte und lächelte ihm zu.

Sie wusste, dass etwas nicht in Ordnung war!

Doch sie überging jene böse Vorahnung und schlug vor, so als wäre alles in bester Ordnung: »Gehen wir einfach hinauf auf die Straße und sehen, wo wir sind.« Und hilflos lachend fügte sie hinzu: »Mehr als nass werden können wir dabei ja wohl nicht.«

Dann packte sie ihren Ehemann bei der Hand, half ihm auf und zog ihn ganz dicht zu sich heran.

Doch der alte Mann beendete schließlich den Satz, den er begonnen hatte und der ihm in der Kehle steckengeblieben war: »… er ist nicht da«, murmelte er.

In einer erschreckenden Endgültigkeit!

Sofort blickten sich die anderen drei um; erkundeten mit ihren Blicken den Bahnsteig.

Er hatte Recht!

»Das kann nicht wahr sein!«, rief der Blondschopf.

Ihre Furcht kämpfte sich wieder an die Oberfläche; fand einen bröckligen Boden vor, durch den ihre Wurzeln wie glitschige Tentakel hindurchbrechen konnten.

»Hallo?«, kreischte sie. »Hallo, ist hier irgendjemand?«

Doch niemand antwortete!

Niemand außer ihrem eigenen Echo, das auf eine ekelerregende Weise hohl und verzerrt war, so als flüstere jemand eine düstere Prophezeiung.

»Es muss hier irgendwo einen Ausgang geben«, urteilte Jonathan und wandte sich an den alten Mann. »Warum wären die Türen wohl sonst aufgegangen?«

Er wusste, dass der andere gewöhnter an die U-Bahn war als er selbst. Deshalb erhoffte er sich aus dessen Erfahrung irgendeine Form von Bestätigung.

Doch der Riese murmelte nur: »Sowas habe ich noch nie erlebt.«

»Beruhigen wir uns erst einmal«, schlug Daphne vor. »Denken wir erst einmal nach.«

Während das schwere Kreuz des Rosenkranzes

zum wievielten Male durch seine Finger rutschte, nickte der Riese. »Sie haben Recht«, stimmte er ihr zu.

Dann spielte die schwarzhaarige Frau ihre Reise noch einmal durch von dem Moment an, als sie unfreiwillig den Zug betraten.

Sie wandte sich an den alten Mann, als sie bemerkte: »Sie saßen bereits in dem Zug.«

Und sie fragte: »Wohin waren Sie unterwegs, Herr …?«

Sie machte eine Pause; gab dem anderen Zeit.

Auf eine der beiden Fragen antwortete der Riese sofort: »Oh, keine Förmlichkeiten. Nennen Sie mich Pascal, bitte.«

Dann wollte er fortfahren.

Die *andere* Frage beantworten.

Zögerlich formte er die Worte: »Ich war auf dem Weg nach …«

Die Haut seines Gesichts wurde bleich; formte tiefe schwarze Schatten dort, wo sich Falten gebildet hatten, dass er aussah wie eine zerberstende Marmorstatue.

Die Frau wartete eine Weile geduldig. Dann legte sie ihm die Hand auf den riesigen Arm und flüsterte: »Ist schon gut.«

Dennoch sprach er es aus: »Ich weiß es nicht mehr. Ich weiß nicht mehr, wohin ich unterwegs war. Ich weiß nicht einmal, welche Linie hier fährt.«

In seiner Stimme lag ein Bruch. Ein Bruch seines Glaubens.

An sich selbst.

Und vielleicht auch an etwas anderes.

Denn seine große Hand umschloss das massige Kreuz seines Rosenkranzes; drückte seine Kanten tief hinein in seine Haut. »Gott hilf mir!«, flehte er.

»Sind Sie ein Pastor?«, fragte Daphne einfühlsam und gab dem Riesen mit dem Namen Pascal dadurch keine Gelegenheit, allzu sehr im Sumpf seiner Besorgnis zu versinken.

Das zumindest glaubte sie ihm schuldig zu sein.

»Ja, das bin ich«, murmelte der alte Mann, doch in seiner Stimme lag eine Schwermut, die kenntlichmachte, dass ihn mehr beschäftigte.

»Was ist geschehen?«, flüsterte die dunkelhaarige Frau, die eben jenes bemerkte.

Der alte Mann legte die Stirn in tiefe Falten. »Vielleicht dasselbe wie ihnen. Ich habe jemanden verloren. Einen Burschen, der wie ein Sohn für mich war. Einen Waisenjungen, den niemand je wollte und den man hinausgetreten hatte aus jedem Haus, in das er kam.« Er schnaufte. »Dann verschwand er. Wie all die anderen, die eines Tages niemals ankamen.«

Daphne keuchte und blickte ihren Ehemann an, der noch immer wortlos neben ihr gestanden hatte.

Dadurch fand er zurück zu seinen Worten und

sagte: »Genauso ist es uns ergangen.«

Er löste die Hand aus dem festen Griff seiner Ehefrau und reichte sie dem Riesen: »Mein Name ist Jonathan. Das ist meine Frau Daphne.«

Der andere nahm seine Hand. Sie war schwitzig und zittrig wie seine, aber als die Hände fest ineinandergriffen, beruhigten sich beide.

Dann blickten die drei hinüber zu dem Blondschopf, der noch immer mit den Blicken die beiden Enden des Bahnsteigs erkundete.

So als würde sich jeden Moment etwas an der Tatsache ändern, dass sie keinen Ausgang entdeckte!

»Was wollen Sie?«, entgegnete sie widerborstig, als sie die Blicke der drei anderen auf sich bemerkte.

Und sie erklärte: »Ich bin doch nur ganz zufällig in den Zug gestiegen. Auf der Flucht vor *Ihnen,* falls Sie sich erinnern! Und auch mein Leben ist grauenvoll, falls sie *das* wissen wollten.«

»Eigentlich wollten wir nur deinen Namen wissen«, flüsterte Daphne und schenkte der jungen Frau ein Lächeln.

Der Blondschopf schnaufte.

Doch als sie den bittenden Blick des alten Mannes auf sich bemerkte, formten ihre Lippen stumme Laute.

Dann wiederholte sie dieselben Laute noch einmal, doch diesmal so, dass die anderen sie hören konnten: »Bianca«, erwiderte sie mit gesenktem Blick.

Daphne nickte, doch sie war sich sicher, dass die junge Frau es nicht bemerkte.

Denn Bianca machte kehrt und schlurfte schweigend von der Gruppe weg.

Der Riese murrte.

Jonathan dagegen kramte in seiner Hosentasche und holte ein Handy daraus hervor. »Dass ich nicht früher darauf gekommen bin!«, verfluchte er sich.

Dann hielt er das Mobilfunkgerät hoch, schwenkte es von links nach rechts, ging ein paar Schritt hierhin und dorthin und kehrte zurück.

»Kein Empfang«, sagte er kraftlos.

Da hatte seine Ehefrau einen Einfall: »Hier muss es doch einen Netzplan geben«, vermutete sie und forderte die anderen auf: »Suchen wir danach. Vielleicht bekommen wir so heraus, wo wir sind.«

Die drei nickten einander zu und verteilten sich. Jeder von ihnen ging eine Weile umher, schlurfte um die kargen Pfeiler und schaute sich um, dass ihnen auch nichts entging.

Bislang hatte Daphne dabei vermieden, die Rückwand des U-Bahnsteigs anzublicken. Die Wand des Schreckens mit ihren entsetzlichen Suchplakaten. Mit all den Fotos von Menschen, die sie womöglich niemals wiedersehen würden.

Irgendwann aber glitten sie doch in ihr Blickfeld.

Sie blieb stehen, drehte sich zu der grauenhaft bekleideten Wand herum und betrachtete sie.

Ein Schauer durchfuhr sie. Dann Trauer.

Doch irgendetwas an diesen rissigen, feuchten und welligen Zetteln stimmte nicht.

Etwas war *anders*!

Die schwarzhaarige Frau strengte sich an. Sie ließ das eigenartige Gefühl zu, erforschte es und öffnete ihren Geist, dass Plakat um Plakat in sie eindrang.

Plötzlich offenbarte es sich ihr: Es waren die Fotos!

Mit einem Mal waren die Suchplakate mit *anderen* Fotos versehen: Statt dass sie lachende oder zumindest gleichmütige Gesichter wie zu Lebenszeiten zeigten, offenbarten sie grauenhafte, zerfallene Abbilder, denen sich die Haut von den Knochen abschälte!

Die Augen der Vermissten waren vor Entsetzen aufgerissen und die Münder derer, die niemals ankamen, brüllten einen stummen Schrei. Den letzten Schrei, den sie jemals über die Lippen bringen würden.

Doch dieser Schrei *blieb* nicht stumm!

Mit einem Mal begannen die Porträts zu stöhnen, lauter und lauter.

Sie schrien! Schrien mit unheimlichen Stimmen

verzerrte Warnungen.

Daphne presste die Hände auf ihre Ohren. Ihr gesamtes Blickfeld war von schreienden Leichenporträts eingehüllt!

All die vor Entsetzen aufgerissenen Augen starrten sie an!

Und dann hörte sie ihren Namen. Erst ganz dumpf. Dann immer deutlicher.

Daphne.

Daphne!

»Daphne!«

Zwei große Hände fassten sie bei den Schultern und rissen ihren Blick von den grauenvollen Porträts fort.

Mit einem Mal wurde es still um sie; die Schreie verklangen in der Stille der verlassenen U-Bahnstation.

Vor ihr stand der alte Pastor und wiederholte: »Daphne.«

In jenem Moment flackerte das Licht auf dem Bahnsteig. Ein kurzer Wimpernschlag, in dem alles um sie herum dunkel wurde.

Dann kehrte die Helligkeit schlagartig zurück; einige der alten Lampen surrten und flackerten.

»Das fehlte uns noch, dass das Licht ausgeht«, grollte der Riese, starrte zur Decke und blickte die Lampen böse an wie zu einer Drohung.

Ohne es zu wollen, warf die schwarzhaarige Frau noch einmal einen Blick hinüber zu den

Suchplakaten für die Vermissten.

Es waren dieselben lächelnden Gesichter wie immer!

»Entschuldigen Sie, ich war …«, stammelte sie.

Sie erforschte das Erlebte und jenes seltsame Gefühl. »… wie weggetreten«, nannte sie es dann.

»Ist schon gut«, revanchierte sich der alte Mann für die Güte, welche sie ihm selbst entgegengebracht hatte.

Doch es war eine Lüge!

Er sorgte sich zutiefst, denn er hatte die Frau in einer eigenartigen Starre vorgefunden und war eine ganze Weile nicht zu ihr durchgedrungen.

Er schob es auf das seltsame Erlebnis, das sie alle auf die eine oder andere Weise ergriff; presste die Lippen dicht aneinander und grübelte bitter: *Ein Erlebnis, das noch nicht vorüber ist!*

Und als forderte sein Gedanke irgendeine Form körperhafter Bestätigung, bemerkte er im Rücken der Frau ihren Ehemann.

Er betrachtete die Wand.

In der gleichen abwesenden Art wie sie!

»Schnell!«, drängte der Riese und schob die schwarzhaarige Frau etwas am Rücken, um sie aufzufordern, zu ihm hinüberzueilen.

Sie reagierte sofort und rannte zu ihrem Ehemann, gesellte sich neben ihn und bereitete sich darauf vor, ihn aus seiner seltsamen Starre zu befreien.

Doch das war nicht nötig.

Jonathan war bei Bewusstsein.

Nur seine Augenbrauen waren verengt und formten eine tiefe, senkrechte Falte oberhalb seiner Nase. Eine fingerdicke Ader wölbte sich unterhalb der Haut der Stirn, so angestrengt betrachtete er die Wand.

»Sie haben ihn gefunden«, lobte da der Pastor freudig.

Daphne sah nach, was der alte Mann meinen könnte.

Da sah sie ihn auch: An der Wand hing ein Plan des U-Bahn-Netzes!

Jonathan murmelte etwas.

Seine Ehefrau wandte sich ihm zu und lauschte, denn sie hatte Mühe damit, es zu verstehen.

Er murmelte noch einmal, doch wieder verstand sie ihn nicht.

Er wiederholte es immerzu, doch nichts davon ergab für sie einen Sinn!

Vermutlich versucht er bloß, den Plan zu entschlüsseln, beruhigte sie sich und probierte, sich noch ein wenig zu gedulden.

Dann brüllte ihr Ehemann: »Das macht keinen Sinn! *Keinen Sinn*!«

Daphne stellte sich neben ihn und legte ihm die Hände auf die Schultern.

Doch bevor sie ihn zu sich und von dem Plan abdrehen konnte, beschloss sie, selbst einen Blick darauf zu werfen.

Und da wurde ihr mit einem Mal klar, was Jonathan gemeint hatte.

Ihre Augen fixierten den eigenartigen Plan mit seinen Linien und Winkeln.

Zunächst wirkte er wie einer der gewöhnlichen Netzpläne, die einem Elektrikschaltplan ähnelten, um das Wirrwarr an U-Bahn-Linien begreifbar zu machen.

Aber dieser Plan war schlichtweg unbegreiflich!

Er ergoss eine Komplexität, die kein Streckennetz unterhalb einer einzelnen Stadt jemals hätte zustande bringen können. Die Linien verbanden sich, kreuzten sich, spalteten sich in Dutzende weitere Linien, bündelten sich zu hässlichen Knoten oder formten endlose Spiralen.

Es war, als reiche dieses Streckennetz tiefer und tiefer bis hinein in die tiefsten Tiefen der Erde!

Und Daphne hatte Angst, dieses grauenhafte Zentrum zu erblicken, und sei es nur eine vage Andeutung auf einem Stück Papier an der Wand einer U-Bahnstation!

Doch ein eigenartiger Drang zwang sie, mit ihren Blicken all die Linien nachzuverfolgen. Sie folgte erst der einen Linie in eine bestimmte Richtung und wurde dann in eine gänzlich andere gezerrt, bis ihr schwindelig wurde.

In wenigen Augenblicken schmerzte ihr der Kopf. Und je mehr sie den widerlichen Netzplan betrachtete, desto unerträglicher wurde es!

Sie begann zu schwitzen.

Verwirrung flutete ihren Geist.

Und *Angst*!

Entsetzliche Angst!

Ihr Herz raste. Ihr war bewusst, dass sie endgültig der Panik verfallen würde, wenn sie noch einen Moment länger hinschaute.

Doch gleichzeitig zwang sie der hässliche Netzplan, das Rätsel entschlüsseln zu wollen, wenn es sie doch nur hier herausbringen könnte!

Plötzlich legten sich zwei schwere Hände auf ihre Schulter und die ihres Mannes. Die beiden Hände zerrten ihre Blicke von dem Gebilde fort und schlagartig kehrten ihre Sinne zurück.

Wieder einmal war es Pascal, der sie beschützte.

»Das bringt uns nicht weiter«, grollte der Riese und wandte sich von dem Netzplan ab, bevor er der Versuchung erlag, ihn ebenfalls zu betrachten.

Im selben Moment stürmte der Blondschopf zu ihnen zurück.

Die junge Frau war aufgeregt, völlig außer Atem.

»Ich habe jemanden gesehen«, erzählte sie und brachte es kaum fertig, ihre Aufregung in Worte zu fassen.

»Einen Jungen«, nannte sie ihre Begegnung. »Einen Jungen am Bahnsteig. Er hatte mir den Rücken zugedreht. Stand dort völlig abwesend. Ich wusste gleich, dass irgendetwas mit ihm nicht in Ordnung war.«

Sie fröstelte und schlug die Arme um sich. »Er hat mir schreckliche Angst gemacht! Doch natürlich habe ich ihn sofort gefragt, wo wir hier sind. Das musste ich ja wohl!«

»Natürlich«, bekräftigte der alte Pastor und drängte: »Was hat er geantwortet?«

Sie schluchzte. »Er sagte, wir seien hier *NIRGENDWO*!« Das letzte Wort schrie sie.

Der Riese zögerte nicht und schloss sie in seine Arme, und statt dass sie sich wehrte, ließ sie es gewähren.

»Was ist dann geschehen?«, fragte Daphne und erkundigte sich: »Und wo ist dieser Junge jetzt?«

Bianca schüttelte in der Umarmung wie wahnsinnig den Kopf. »Er ist verschwunden!«

»Verschwunden?«, hinterfragte Pascal, fasste sie bei den Schultern und schob sie sanft einen Deut zurück, damit er ihr ins Gesicht blicken konnte.

Sie begegnete seinem Blick und antwortete ihm: »Er drehte sich zu mir um. Und für einen kurzen Moment sah ich sein Gesicht, dieses grauenvolle Gesicht! Es war verzerrt. Wie verwest! Seine Haut war totenbleich. Seine Augen saßen wie weiße Kugeln in tiefen, schwarzen Höhlen. Es war grauenvoll!«

Sie legte den Kopf an die Brust des riesenhaften

alten Mannes. »Dann flackerte das Licht …«, berichtete sie flüsternd.

Und sowohl Daphne als auch Pascal *erinnerten* sich an jenes Flackern der Lampen!

»…, aber als das Licht wieder anging, war der Junge verschwunden«, beendete die junge Frau ihre Erzählung.

Jonathan schüttelte wütend den Kopf. »Das ist alles deine Schuld!«, warf er dem Blondschopf vor. »Ohne dich wären wir niemals hier gelandet. Und jetzt erzählst du uns irgendwelche Lügenmärchen.«

»Hey«, flüsterte seine Ehefrau sanft.

Sie wusste, dass ihm noch etwas anderes Angst machte, das weder sie noch er aussprechen würden.

Der Riese aber war weniger sanft und grollte: »Wenn sie sagt, sie hat jemanden gesehen, dann hat sie das auch.«

Er *wusste* es. Denn er hatte in ihre Augen gesehen, als sie davon erzählt hatte.

Ganz gleich, was geschehen war: Sie *glaubte* daran!

Jonathan zuckte geschlagen die Schultern und schnaufte. »Dann sagen Sie uns doch, was wir tun sollen. Gibt es hier Kameras? Wird der Bahnsteig vielleicht überwacht?«

Er blickte sich zu allen Seiten um.

Noch einmal.

Als würde das etwas ändern.

»Ich habe keine gesehen«, murrte der Pastor.

Da kam Jonathan auf ihn zu; spürte seine Innereien kochen. »Und was schlagen Sie jetzt vor, Pascal?«

Der riesenhafte Mann baute sich vor ihm auf.

Die Wut kehrte den beiden Männern zurück und auch die Spannung in ihren schlummernden Muskeln.

Die beiden Männer würden kaum Freunde werden.

Zu *Feinden* zu werden, schien ihnen dagegen leichter zu fallen.

Doch der alte Riese hauchte den dampfenden Atem kraftvoll aus seinen Lungen und nahm dem aufkeimenden Streit den Wind aus den Segeln: Er drehte sich einfach von seinem Gegenüber fort und trat dicht an die Bahnsteigkante.

Jonathan keuchte; spürte die Hand seiner Ehefrau in die seine greifen.

Pascal aber schaute lang und tief in die beiden schwarzen Tunnelschlunde hinein.

»Wir sind mit dem normalen Schienenverkehr hierhergekommen«, murmelte er dann. »Die U-Bahn hat eine sehr dichte Fahrplan-Taktfolge. Wenn es nicht der letzte Zug des Tages war, dann müsste der nächste Zug bald eintreffen.«

Er schnaufte wie zu einem fehlgeschlagenen Auflachen. »Vielleicht haben wir sogar Glück, denn einige Züge fahren sogar die ganze Nacht hindurch. Ich schlage also vor, dass wir einfach *warten.*«

FÜNF

Die Zeit schien stillzustehen an jener vergessenen U-Bahn-Haltestelle.

Die kleine Gruppe wartete eine Ewigkeit, und keiner von ihnen hätte sagen können, wie lang sie bereits angedauert hatte.

Dort wo Jonathan und Daphne gewartet hatten, hatte sich eine glitschige Pfütze gebildet, und auch jetzt tropfte es noch nass von ihren Mänteln herab.

Die Pfütze hatte sich mehr und mehr ausgebreitet, bis zum Rand des Bahnsteigs, und von dort sickerte Tropfen um Tropfen hinab auf die Schienen.

Keiner von ihnen hatte in all der Zeit gesprochen, und auch jetzt herrschte auf dem elendigen Bahnsteig eine Grabesstille.

Gelegentlich durchbrach ein verzweifeltes Schnaufen das Schweigen, wenn einer von ihnen lange und erwartungsvoll in die Schwärze des Tunnels hineingeblickt hatte in der Hoffnung, dass sich die Lichter eines herannahenden Zuges zeigen würden.

Doch sie taten es nicht.

Und irgendwann meinte der Blondschopf widerborstig: »Dann war es wohl doch die letzte U-Bahn.«

Sie legte den Kopf in den Nacken, starrte hinauf an die kahle Decke und betrachtete die leise surrenden Lampen, die mit ihrem leichenhaft kalten Licht den Bahnsteig fluteten.

Gelegentlich flackerte eine jener alten Lampen und schaltete sich kurz darauf mit einem Klicken wieder ein.

Bianca betrachtete dieses Schauspiel eine Weile und glaubte irgendwann in dem Flackern einen Rhythmus zu entdecken, der sich immer wiederholte.

Ihr Kopf begann sich zu drehen, dann schüttelte sie den Kopf und wandte sich von den Lampen ab.

»Hier unten gibt es kein Tageslicht«, sagte sie mit zitternder Stimme. »Es könnte längst früher Morgen sein. Ich vermisse den Himmel, verdammt!«

Die Vorstellung, wie tief sie unter der Erde

begraben waren – ohne einen Weg nach oben –, ließ sie erschaudern.

»Es bleibt uns wohl nichts anderes übrig ...«, unterbrach der alte Pastor ihre Gedanken und erklärte: »Wir werden laufen müssen.«

»*Laufen*?«, hinterfragte Jonathan ungläubig. »Aber wir haben doch gesehen, dass es keinen Ausgang gibt. Wohin wollen Sie denn laufen?«

Der Riese deutete in eine Richtung, welche unheilvoller nicht sein konnte: in den Tunnel! Hinein in das düstere Labyrinth des U-Bahn-Netzes.

»Sie wollen durch den Tunnel laufen?«, japste der ehemalige Bauarbeiter und duckte den Kopf instinktiv zwischen seine breiten Schultern. »Sind Sie verrückt?«, fragte er und öffnete fragend die Handflächen. »Wohin wollen Sie denn? Zur nächsten Station? In der Hoffnung, dass es dort einen Ausgang gibt ...«

Der alte Mann unterbrach ihn kopfschüttelnd: »Nein, nein. Ich will nicht zur nächsten Station durchlaufen. Es müsste jedoch *zwischen* den Stationen Notausgänge geben. Für gewöhnlich gibt es irgendwelche Hinweise an den Tunnelwänden, wie wir am schnellsten hinausgelangen können. Diese Notausstiege führen direkt ins Freie.«

»*Für gewöhnlich*?«, wiederholte Jonathan argwöhnisch und warf seiner Frau einen zweifelnden Blick zu.

Auch der Blondschopf schnaufte spöttisch. »Wir sind uns wohl zum ersten Mal einig«, pflichtete sie ihm bei.

Als müsste sie ihre Behauptung noch einmal überprüfen, ging sie dicht an die Bahnsteigkante und schaute hinein in die Finsternis des Tunnels.

Die unterirdischen Tunnel waren eng.

Sehr eng!

»Wenn uns ein Zug entgegenkommt und wir in diesem Tunnel gefangen sind – dann war's das!«, urteilte sie.

Doch Pascal schüttelte den Kopf. »Das bildest du dir ein. Diese Tunnel sind breit genug, das wir im richtigen Moment beiseitegehen können.«

»Aber die U-Bahn wird nicht gerade heranschleichen, nicht wahr?«, vermutete Jonathan. »Was, wenn sie uns überrascht? Wir nur einen Moment lang nicht aufpassen?« Er schüttelte den Kopf. »Das ist mir zu riskant.«

»Dann müssen wir eben vorsichtig sein!«, grollte der Riese da und schüttelte den Kopf so wild, dass sich die faltige Haut seines Halses wie ein Segel spannte.

Die anderen schwiegen.

Denn gegen ein derartig aufziehendes Gewitter anreden, konnte ein Mensch nicht.

Und die Stimme des Riesen war ein Donnern, ein deutliches Anzeichen für ein ebensolches Unwetter!

Als das Grollen verklungen war, sprach der Pastor wieder ganz ruhig: »Ich gehe auf jeden Fall«, erklärte er fest. »Denselben Weg, durch den wir gekommen sind, denn wir wissen ja, dass auch die nächste Station nicht weit war. Sie können mitkommen oder hierbleiben. Das bleibt Ihnen überlassen.«

Einen Augenblick herrschte Schweigen; jeder grübelte für sich darüber nach, wie er sich entscheiden sollte.

Dann nickte Daphne dem alten Mann zu: »Pascal hat Recht. Lasst uns von hier verschwinden«, sagte sie ruhig, so als gäbe es gar keinen Grund zur Beunruhigung.

Als gäbe es nicht diese seltsame Haltestelle ohne einen Ausgang, die von der Welt weit über ihnen wie vergessen schien.

Als hätten sie nicht alle auf die eine oder andere Weise sehr merkwürdige, unwirkliche Dinge erfahren.

Als wäre all dies nicht wirklich!

Ihr Ehemann drehte sich ihr zu und legte ihr die Hand auf die Schulter. »Du meinst also, dass wir in den Tunnel gehen sollten?«, haschte er noch einmal nach einer Bestätigung. »Glaubst du wirklich, dass wir das wagen sollten?«

Und als sie ihm fest in die Augen sah und sich ihr anschließendes Nicken gut überlegt hatte, wusste er, dass er ihr folgen würde.

»Also gut, wir gehen«, stimmte er zu.

»Ihr seid doch alle verrückt!«, fluchte da der Blondschopf und beschloss rasch: »Ich gehe nicht mit. Ich bleibe hier.«

Der alte Mann murrte leise; Jonathans Lippen formten irgendwelche lautlosen Silben.

Es war Daphne, welche sich als Erste an die junge Frau wandte: »Schau mal, Bianca, wir wollen hier doch irgendwie raus, nicht wahr?«, redete sie auf sie ein und verlangte nach einer Bestätigung: »Nicht wahr?«

Biancas Blick war zu Boden und auf ihre eigenen Füße gerichtet, so als müsste sie ihre eigenen Gliedmaßen davon abhalten, sich von hier fortzubewegen.

Doch irgendwann gab sie dem Drängen ihrer Instinkte nach: Sie nickte.

»Gut«, meinte Daphne und legte ihr die Hand auf die Schulter. »Wir müssen hier weg, Bianca. Zusammen können wir es schaffen, das weiß ich sicher. *Nur* zusammen.«

»Okay«, erwiderte der Blondschopf mit einem Rest von Widerwillen und ohne die schwarzhaarige Frau dabei anzublicken.

Der riesenhafte Mann nickte den anderen zu und sprang dann als Erster den Bahnsteig hinab und zu den Schienen.

»Warte, ich helfe dir«, sagte Jonathan, sprang als nächster und half seiner Ehefrau hinab.

Dann reichte er auch Bianca die Hand.

Der Diebin.

»Ich schaff das auch allein«, widersprach jene widerborstig und schwang sich den Bahnsteig hinab.

Als sie auf dem Untergrund aufprallte, stolperte sie kurz, fing sich aber wieder.

Sie wollte seine Hilfe nicht.

Nicht irgendeine Hand, die ihr hinunterhalf, als bräuchte sie irgendjemanden für irgendetwas.

Doch ihr wurde bewusst, dass sie doch jemanden brauchte.

Denn sie wollte nicht allein zurückbleiben.

In jener Kälte.

In jener Einsamkeit.

Dafür war sie ihm dankbar: für diese Einladung, bei ihnen zu bleiben!

Und kurz darauf tauchten die vier Leiber hinein in das dunkle Gedärm unter der Stadt, und die Finsternis verschluckte sie gierig.

SECHS

Nur langsam gewöhnten sich die Augen der vier Eindringlinge an die schattenhafte Welt jenseits der Pforte in die Finsternis.

Mehr und mehr jedoch schälten sich die Formen des Tunnels heraus, jene enge, mit Beton verkleidete Röhre, die mit moosigen, schwarzgrünen Flecken überzogen war.

In scheinbar unsinnigen Abständen wurde jener unterirdische Gang mit kümmerlichen, flackernden Lichtern beleuchtet.

Jene Lichter waren klägliche Orientierungspunkte in der Dunkelheit, und sie schienen sich bis in die Unendlichkeit auszudehnen, wo sie mehr und mehr verschwanden.

Das leise Surren und nervenraubende Klicken dieser erbärmlichen Beleuchtung begleitete ihre Suche nach dem rettenden Ausgang, jenem leisen Versprechen zur Flucht aus der Umklammerung der Unterwelt.

Gemeinsam mit dem hohlen Widerhall ihrer Schritte entstand eine zermürbende Geräuschkulisse, und bald wusste niemand von ihnen mehr, wie lange sie schon in die Tiefe des Tunnels hinabgetaucht waren.

Sie folgten den Schienen, die wie die bleichen Knochen eines riesenhaften Ungeheuers im Licht der Lampen schimmerten.

Der alte Pastor ging ein Stück voraus, dann folgten die anderen.

Plötzlich glaubte Bianca ein Geräusch zu hören, das nicht in die Eintönigkeit jener Geräuschkulisse zu passen schien.

Ein seltsames, schwerfälliges Schlurfen, das von nirgendwo und überall gleichzeitig zu kommen schien.

Der Blondschopf sah sich hastig zu allen Seiten um, doch in dem Halbdunkel des Tunnels konnte sie nichts erkennen, was auf die Quelle jenes Geräuschs hätte hindeuten können.

»Habt ihr das auch gehört?«, fragte sie die anderen.

Ihre Stimme brachte die anderen aus einer Art Halbschlaf, den ihre einlullende Wanderung mit sich gebracht hatte.

»Nein«, antwortete Jonathan erschrocken und erkundigte sich: »Was war denn?«

Nur langsam fand er sich in der Wirklichkeit zurecht. Er stolperte kurz über seine eigenen Füße und kehrte dann in die Einöde des Tunnels zurück.

»Ein Geräusch«, erklärte Bianca noch einmal und machte kein Geheimnis daraus, dass sie die Unaufmerksamkeit der anderen aufrieb. »Ich habe da ein Geräusch gehört«, wiederholte sie harsch, so als müsste sie es jemandem einprügeln, damit er es verstand.

»Das war sicher nur eine Ratte«, murrte Pascal da ruhig und wie schlaftrunken.

Es war offensichtlich, dass er noch über etwas anderes grübelte.

Der Blondschopf keuchte. »Ratten? Ich hasse Ratten! Ich hasse die Dunkelheit! Ich hasse es, eingesperrt zu sein! Wer weiß, wie tief wir hier unten sind. Das muss euch doch zu denken geben!«

Ein Zittern kehrte in den Körper der jungen Frau zurück, das sich immer mehr verstärkte.

Als würde ihm erst jetzt bewusst werden, dass er die ganze Zeit über die Perlen des Rosenkranzes durch seine Finger hatte gleiten lassen, blickte der Pastor auf ihn hinab.

Er sprach ein leises Gebet.

Ein *letztes*.

Dann kam er ein Stück zu den anderen zurück und reichte der jungen Frau den Gegenstand, der ihm so viel bedeutete.

»Ich habe etwas für dich«, sagte er sanft.

»Was ist das?«, erkundigte sie sich und starrte das Kreuz an der langen Perlenkette an.

»Das ist ein Rosenkranz«, antwortete der alte Mann. »Manchmal hilft er mir, einen klaren Kopf zu behalten. Aber ich möchte, dass du ihn nimmst. In Zeiten größter Angst wird er dir vielleicht neuen Mut machen.«

Bianca wusste mit dem eigenartigen Artefakt nichts anzufangen.

Doch da war etwas in der Stimme des Riesen, das es ihr unmöglich machte, sein Angebot abzuschlagen.

Sie nahm den Rosenkranz aus seiner Hand, und als sie das schwere Kreuz auf ihrer weichen Handfläche fühlte, da wurde ihr bewusst, dass die Angst dumpf geworden war, die sich noch eben in ihr aufgebäumt hatte.

»Danke«, murmelte sie.

In ihrer Stimme steckten Zweifel. Zögern. Vielleicht auch Misstrauen gegenüber den Mächten, an welche der alte Mann fest glaubte.

All dies wusste er.

Und er lächelte.

Nun trat auch Daphne zu ihr herüber, und um ihre Furcht gänzlich zu vertreiben, legte sie den

Arm um sie.

Der Blondschopf zuckte zusammen.

Nicht, weil sie die Berührung unangenehm fand.

Sondern weil sie dergleichen nicht gewohnt war und es erst hier, verloren tief unter der Erde, erfuhr.

Von dem Pastor.

Von ihr.

»Wir kommen hier raus«, flüsterte die schwarzhaarige Frau der jüngeren sanft zu.

Ihr Ehemann blickte sie an.

Zuerst stand etwas Zweifel in seinem Blick geschrieben. Vielleicht auch etwas Misstrauen.

Doch mehr und mehr entspannten sich seine Züge und er nickte seiner Frau zu.

Und dann lächelte er.

Biancas Zittern klang in der sanften Umarmung mehr und mehr ab, bis sie gänzlich damit aufhörte. »Es ist gruselig hier drin«, bemerkte sie dann so ruhig, als würde sie gar nicht über ihre jetzige Lage sprechen, in die es sie alle verschlagen hatte. Sondern über etwas, das sie nur beobachtete. Einen Film zum Beispiel.

»Ja, das ist es«, gab ihr Daphne auf die gleiche, gleichmütige Weise Recht.

Eine kühlende Woge ergoss sich über die Furcht des Blondschopfs und über ihren Zorn und erstickte schließlich beides.

Doch einen Augenblick später hörte sie das eigenartige Geräusch wieder: das seltsame Schlurfen.

Dann ein Kratzen, wie ein Fingernagel, der probierte, sich durch den Beton zu graben.

Und war da nicht auch irgendein leises, elendiges Stöhnen?

»Hört ihr das?«, flüsterte die junge Frau, so als wagte sie nicht, lauter zu sprechen, um sich nicht zu verraten.

Mehr unwillentlich löste sie sich aus der Umarmung der schwarzhaarigen Frau und ließ die Blicke schweifen.

Aus dem Augenwinkel bemerkte sie, dass Pascal dasselbe tat. Es war zunächst nur schwer zu erkennen, denn selbst die Formen eines Menschen, der unmittelbar neben einem stand, verschwammen in der Dunkelheit.

»Hier unten gibt es vielleicht noch Größeres als eine Ratte«, raunte der alte Mann auf dieselbe vorsichtige Art wie die junge Frau. »Wer weiß, wie viele verlorene Seelen hier unten durch die Finsternis irren?!« Er schluckte, dass die faltige Haut seines Halses sich einen Moment lang spannte. »Diejenigen, die niemals ankamen. Die in eine Richtung gefahren sind, die von keinem Fahrplan vorgesehen war.«

Da bemerkte Jonathan, dass sich Bianca ein wenig von den anderen entfernt hatte und probierte, in den verborgenen Winkeln des Tunnels irgendetwas zu entdecken.

»Wir bleiben besser dicht zusammen«, ermahnte er sie und erinnerte sich daran, dass die junge Frau die Gruppe an dem U-Bahnsteig verlassen hatte. »Keine Alleingänge mehr«, verlangte er deshalb.

Es war nur ein schmaler Grat, der die Widerborstigkeit des Blondschopfs von ihrer Gemütsruhe trennte: »Wie soll das gehen?«, gab sie harsch zurück, als sie die Anweisungen des Mannes hörte. »Hier gibt es keine Weggabelungen.«

Sie schnaufte: »Und einen Notausstieg sehe ich auch nirgends! Vielleicht sollten wir zurückgehen?«, schlug sie halbherzig vor.

»Der Notausstieg ist sicherlich gleich da hinten«, glaubte Daphne, ging zurück zu ihrem Ehemann und griff in seine Hand.

Er lächelte ihr kurz zu.

»Nein, das Mädchen hat Recht«, machte der Pastor da all ihre Hoffnung zunichte. »Wir müssten längst einen der Ausgänge erreicht haben oder zumindest einen Hinweis darauf entdeckt haben. Es kommt mir vor, dass wir schon ewig durch diesen Tunnel wandern.«

»Sie müssen sich irren«, probierte Jonathan.

Doch so sehr sie es drehten und wendeten: Es stimmte!

Der Tunnel schien endlos zu sein.

Es gab keine Abzweigungen, keine Weichen und kein Labyrinth aus Tunneln. Nicht einmal eine Kurve.

Nur diesen einen, geraden und ausweglosen Korridor!

Bianca drehte sich um zu der Richtung, aus der sie gekommen waren. Sie kniff ihre Augen zusammen, erforschte mit ihren Blicken die Finsternis, deren Schatten sich jedoch nur noch mehr zusammenzuziehen schienen.

»Kann irgendjemand das Licht sehen?«, fragte sie. »Das Licht des Bahnsteigs, von dem wir gekommen sind?«

Die anderen drei drehten sich ebenfalls herum.

Jeder von ihnen wollte behaupten können: *Dort hinten ist es. Wir können zurückgehen.*

Doch niemand sah dieses Licht!

»Das ist doch nicht möglich«, raunte der alte Mann.

Als der Blondschopf kurz zu ihm hinblickte, sah sie, dass er sich bekreuzigte.

Eine unheilvolle Geste!

Niemand wagte, es auszusprechen – doch jener einzelne gerade Tunnel schien mehr als auszureichen, dass sie sich alle darin verirrten!

»Gehen wir noch ein Stück weiter«, sagte der Pastor hastig.

Sie alle dachten das Gleiche; rissen ihre Blicke

von der grenzenlose Schwärze fort, die hinter ihnen lag, und schauten gleichzeitig voran.

Pascal, der den anderen stets einen Deut vorausgegangen war, prallte plötzlich zurück, stolperte rückwärts und fiel zu Boden.

Er brachte es nicht fertig, sich sofort zu erheben; die anderen brachten es nicht fertig, ihm aufzuhelfen.

Sie alle starrten nur mit aufgerissenen Augen und mit vor Entsetzen geweiteten Mündern auf das, was vor ihnen lag.

Der Weg vor ihnen war mit einer *Mauer* versperrt!

Einer Mauer, welche noch vor einem Moment nicht dagewesen war, wenn ihnen nicht allen der Verstand einen bösen Streich gespielt hatte.

Es war eine Mauer, die nicht da sein konnte.

Nicht da sein *durfte*!

»Wie kann hier eine Sackgasse sein?!«, fand der Riese als Erster zu seinen Worten zurück.

Er erhob sich schwerfällig, legte die großen Hände auf die Mauer und schlug mit der Faust dagegen.

Sie war fest.

Sie war *wirklich*!

»Wir sind doch mit dem Zug aus dieser Richtung gekommen«, erinnerte er sich und zweifelte mit einem Mal an seinem eigenen Verstand.

»Sind wir …« Jonathan war sich über die Unsinnigkeit der Worte längst bewusst, die er auszusprechen gedachte. »… falsch abgebogen«, wagte er dennoch einen erbärmlichen Versuch.

»Ohne irgendeine Weggabelung?«, keuchte Bianca.

Ihr eigener Einfall schien ihr dagegen sinniger: »Vielleicht sind das alles bloß Wahnvorstellungen! Vielleicht bilden wir uns das alles nur ein!«

Es war wie ein Wettkampf, ob es doch noch einem von ihnen gelingen würde zu missachten, was sie alle sahen.

Jonathan zerschlug ihren Einfall mit einem Vorschlaghammer: »Wir alle *dasselbe*?«

Der Blondschopf trat nun näher an die Wand heran; berührte sie, um sich selbst davon zu überzeugen, dass ihre Augen ihr keine Lügen erzählten.

Als ihre Fingerkuppen vorsichtig über die eigenartig feuchte Wand strichen, bemerkte sie plötzlich kleine Risse, welche die betonartige Oberfläche durchzogen.

Da bemerkte sie, dass der nasse Film dichter und klebriger wurde, je näher ihre Hand den eigenartigen Spalten kam.

Einen Moment lang ließ sie ihre Finger dicht an einem jener Risse liegen und bemerkte ein feines, kaum merkliches Heben und Senken der Ränder.

So als würde die Wand atmen.

Die Wand – oder etwas *darunter*!

Bianca führte ihren Zeigefinger vorsichtig an die gespaltene Oberfläche heran; sah im selben Moment krampfhaft in den Riss hinein.

Bevor ihre Haut in den Spalt eindrang, *sah* sie etwas. Und als sie es sah, zog sie ihre Hand angewidert fort und trat einen Schritt von der lebenden Mauer zurück!

Bevor ihr Verstand begreifen konnte, was sie hinter jenem Riss im Beton gesehen hatte, hörte sie erneut das Geräusch: das Schlurfen, das Kratzen, das Stöhnen.

Hinter ihnen!

Aus der Richtung, aus der sie glaubten, gekommen zu sein.

Entsprangen jene ekelhaften Töne ebenfalls nur ihrem gemarterten Verstand?

Doch dieses Mal hörten es die anderen auch; lauschten erschrocken.

Doch auch das musste nicht bedeuten, dass das, was da an ihre Ohren drang, *wirklich* war.

Jeder von ihnen zweifelte an seinen eigenen Sinnen.

Und an denen der anderen.

Doch als sie sich zu der Quelle des Geräuschs umdrehten, mussten sie sich entscheiden, ob sie missachten würden, was sie sahen, oder ob sie es für wirklich erachten würden.

Ein paar Schritte zurück in dem Korridor stand

eine Gestalt.

Sie hatte der Gruppe den Rücken zugedreht; ihr Schemen hob sich dunkel und unkenntlich vor dem aschfahlen Licht der Tunnellampen ab, so als würde die Gestalt die Schatten dichter um sich zusammenziehen wie ein schwarzes Gewand.

Der Unbekannte stand dort starr und reglos wie eine Puppe.

Und wie bei einer Puppe, mit der ein Kind sich einen üblen Spaß erlaubt hatte, waren ihre Gelenke und Gliedmaßen auf irgendeine abstoßende Weise verdreht!

Mit einem Mal wurde es in dem stickigen Tunnel bitterkalt, und der Schweiß, der sich ihnen auf dem Rücken gebildet hatte, wurde von einem hohl säuselnden Wind berührt, der sie frösteln ließ.

Bianca schlug frierend die Arme um sich; ihre Lippen verfärbten sich bläulich und sie starrte auf die eigenartige Gestalt.

Doch als sich schließlich der alte Mann in Richtung jenes Unbekannten in Bewegung setzte, glaubte sie, schreien zu müssen!

»Geht es Ihnen gut?«, rief er hinüber, lange bevor er dichter heran war.

Langsam trat er näher; machte immer wieder auf sich aufmerksam, denn die Gestalt zeigte keinerlei Reaktion.

»Bleiben Sie bei uns!«, bat ihn der Blondschopf

und riet eindringlich: »Gehen Sie nicht dort hinüber!«

Doch der Riese winkte ab. »Vielleicht braucht er unsere Hilfe. Oder kann uns sagen, wie wir hier herauskommen. Das ist doch immerhin möglich.«

Es bestand kein Zweifel daran, dass er selbst nicht daran glaubte.

Noch einmal rief der Pastor den Unbekannten an, doch er stand noch immer regungslos mit dem Rücken zu ihnen da.

»Pascal«, sagte Jonathan bestimmt, und dann etwas lauter: »Pascal, bleiben Sie weg!«

Doch inzwischen hatte der alte Mann die Gestalt erreicht; seine Hand reichte hinüber zu der Schulter des eigenartigen Schemens.

Und er war der Einzige, der dicht genug heran war, um vermuten zu können, *wer* dort in der Finsternis verharrte.

Diese Vermutung kratzte wie ein Fingernagel über seine Nerven.

Ließ ihn *hoffen*.

Ließ ihn *erschaudern*!

»Fabian?«, vermutete der Pastor und machte noch einmal auf sich aufmerksam: »Fabian, bist du das?«.

Dann berührten seine Fingerspitzen die eigenartig gekrümmte Schulter.

Und als hätte sie nur darauf gewartet, dass sich einer von ihnen nah genug an sie heranwagte, fuhr die Gestalt herum!

Ihre Wirbelsäule knackte ekelhaft, so als zerbreche man einen morschen Ast; die Gliedmaßen wirbelten herum, so als hätte ihr Besitzer jede Kontrolle darüber verloren.

Dabei schrie der Schemen.

Und der alte Mann brüllte ebenfalls!

Ein pechschwarzer Schlund öffnete sich in dem Gesicht der Gestalt, deren Fleisch beinahe bis zur Unkenntlichkeit verzerrt war.

Beinahe!

Doch Pascal erkannte ihn! Selbst in diesem Zustand.

Doch alles, was er nun wahrnahm, war jenes sich verbreiternde Maul, welches ihn gänzlich zu umschließen drohte.

Die drei Zurückgebliebenen kreischten vor Entsetzen, als die Gliedmaßen der Kreatur sich in eigenartigen Winkeln verdrehten. Knirschten. Knackten.

Und den alten Mann packten!

Pascal war ein riesenhafter Mann. Sehr viel rüstiger als viele bedeutend jüngere Männer.

Viele meinten, der Pastor sei zu alt, um jungen Menschen zur Seite stehen zu können.

Hätte er es nicht getan – hätte er Fabian damals nicht in sein Herz geschlossen –, dann hätte er es vielleicht fertiggebracht, jener tödlichen Umarmung irgendeinen Widerstand entgegenzubringen.

Doch der alte Mann konnte es nicht; konnte seine großen Hände nicht um die zappelnden Gliedmaßen legen und sie auseinanderzerren!

Er konnte seine Finger nicht um das faule Fleisch des Gesichts legen, um es von ihm fortzureißen.

Denn jener geifernde, schwarze Schlund, der sich ihm brüllend entgegenschob, würde der letzte Kuss sein, den jener von allen ungewollte Waisenjunge ihm auf die Wange geben würde.

Der Pastor sprach ein letztes Gebet.

Nicht für sich.

Sondern für das zappelnde Bündel, das an ihm festhielt und seine Zähne in ihn vergrub.

»Wir müssen ihm helfen!«, weinte Daphne.

Vielleicht hätten sie das; hätten zumindest den ersten Schritt getan, auch wenn der Riese längst zusammenbrach wie eine weggeworfene Puppe.

Doch einen Wimpernschlag später war an Hilfe nicht mehr zu denken.

Und niemand von den Übriggebliebenen brachte den Wimpernschlag fertig: Ihre Augen waren von einem hässlichen Rot umrandet von ihren Tränen. Und ihre Münder standen geweitet vor Entsetzen, als die Gestalt ihre Gliedmaßen erneut verdrehte, dass sie wirkte wie eine Spinne!

Eine der verdrehten Hände packte den reglosen Körper des alten Mannes und dann huschte die

Spinnengestalt mitsamt ihrer Beute davon – tief hinein in die Finsternis des Tunnels.

Das Letzte, was sie hörten, war das Schleifen von Pascals Knochen auf den Schienensträngen.

In die Schatten, in die die Kreatur ihn gezogen hatte, brüllte es ein letztes Mal.

Und weil ihre Augen geweitet standen in fassungslosem Entsetzen, sahen sie, wie sich die Schatten zu bewegen begannen!

Einzelne Schemen lösten sich wie irgendeine zähflüssige Masse aus der Finsternis heraus, dann wurden es mehr und mehr von ihnen.

Schlurfende Schatten, deren Knöchel gegen die Schienen prallten.

Und krabbelnde Schatten! Schatten, die sich über die Wände und die Decke der engen Tunnelröhre bewegten, als wären selbst die Gesetze der Schwerkraft in dieser elendigen Schattenwelt unbedeutend.

Einige von jenen Schemen jedoch konnten sich nicht dort oben halten, klatschten mit dem Geräusch einer platzenden Frucht auf den Boden – und krochen mit knackenden Gliedern weiter!

Weiter auf die drei Übriggebliebenen zu!

Und als sie näher und näher kamen, entstieg ihren verzerrten Mäulern ein hässliches Stöhnen, so klagend wie der letzte Atem eines Sterbenden.

Die drei pressten sich dicht an die Mauer in ihrem Rücken. Sie waren gefangen! Endgültig gefangen in einem Dickicht aus knarzenden Knochen wie alte Äste im Sturm.

Die drei Verlorenen drehten sich in einem letzten Aufbäumen von Überlebenswillen herum; prügelten mit den Fäusten auf die Wand ein, die ihnen den Weg versperrte, während sich die Gestalten gierig näherten wie eine Horde von Besessenen!

Doch es war nicht die *Mauer*, die ihrem Drängen nachgab!

Denn als sie bereits glaubten, dass die entsetzlichen Gestalten ihnen ihren stinkenden Atem bereits in den Nacken bliesen, spürten sie unter ihren Füßen ein eigenartiges Rumoren.

Irgendetwas zerriss; ein Rieseln feinsten Staubs drängte sich in das Todeskonzert aus Stöhnen, Knacken und Schreien.

Dann brach der Boden unter ihnen auf; öffnete sich zu einem alles verschlingenden Loch!

Jonathan und Daphne fielen als Erste; Bianca sah ihre schreienden Körper hinabfallen.

Hinab in einen noch dunkleren, tieferen Abgrund jenes schrecklichen Albtraums!

Sie selbst hielt noch mit den Fingern an der Kante des Abgrunds fest; widersetzte sich ein letztes Mal dem unnachgiebigen Sog.

Dann verließen sie ihre Kräfte; ihre Finger lösten sich von der Kante und sie stürzte lang und tief. Tiefer als die Hölle selbst!

SIEBEN

»Joschua? *Joschua*!«

Die Stimme seiner Mutter drang dumpf durch die geschlossene Zimmertür und mischte sich in die dröhnende Musik der Stereoanlage: eine psychedelisch anmutende Rockband mit einem weltentrückten Sänger, dessen Kehle mit einer geisterhaften Stimme schaurige Liedtexte voller okkulter Geheimnisse entstiegen.

Einige, darunter seine Mutter, fanden den eigentümlichen Musikgeschmack des Jungen besorgniserregend.

Aber *ihm* half die Musik beim Nachdenken.

»*Joschua*!«, drängte seine Mutter noch einmal von draußen.

Doch sie hätte nie gewagt, die Tür einfach so zu

öffnen.

Dieses Zimmer war *sein* Reich. Sein Heiligtum.

Seine Eltern respektierten das.

»Joschua?«

Der blasse Junge mit dem pechschwarzen Haar, der kaum mehr war als ein dürres Knochengerüst, überhörte den Ruf.

Mit gekrümmtem Rücken, als säße ihm ein Alb auf den schmalen Schultern, hockte er in der von einer Tischlampe auf eine gespenstische Weise erleuchteten Ecke des Zimmers.

Ein Schreibtisch stand in jenem Winkel des düsteren Raumes. Doch statt den gewöhnlichen Arbeitsutensilien eines Schülers fand sich auf jenem Tisch ein Turm von alten, staubigen Büchern in dessen vergilbten Seiten zerfledderte Notizzettel mit wirren Kritzeleien und verstörenden Skizzen steckten.

Irgendwo zwischen den eigenartigen Schriftstücken, die einst in den verborgensten Winkeln der Antiquitätenläden und Bibliotheken versteckt gewesen waren und auf sonderbare Weise in seiner großen Umhängetasche wiederaufgetaucht waren, lag ein abgegriffenes Heft mit dem Titel *Handbuch der Monster.*

Es gehörte zu einem Bündel von Regelbüchern zu einem Rollenspiel, welches man gemeinsam mit einer Schar Gleichgesinnter mit Stift, Papier und Würfel spielte.

In den gedruckten Seiten jenes Spielmaterials ruhten Geschichten voller Abenteuer, und dunkle Pfade führten aus der Enge der vier Wände des Zimmers hinaus in eine Welt voller unentdeckter Geheimnisse.

Und mit den rätselhaften Botschaften des *Handbuchs der Monster* hatte damals alles angefangen.

Zwar wusste Joschua, dass alles in dem Heft nur der Fantasie eines Autors entsprungen war. Doch je mehr er und seine Mitspieler sich in jener fremden Welt aufgehalten hatten, umso mehr war in ihnen das Gefühl wachgeworden, dass einiges davon stimmen könnte; dass es eine Wahrheit war, gekleidet in das Gewand der Fantasie!

Dann hatte das große Unglück begonnen: Menschen waren in den U-Bahn-Schächten verschwunden und die Berichte häuften sich.

Als die Bilder jener, die nie wiederkehrten, in den Zeitungen und im Fernsehen aufgetaucht waren, hatte in den Köpfen Joschuas und seiner Mitspieler ein Geflecht aus unheilvollen Befürchtungen gewuchert.

Joschua hatte nachgeforscht: Die Vermisstenmeldungen hatten begonnen, kurz nachdem Bauarbeiter mit den Arbeiten an einem neuen U-Bahn-Tunnel begonnen hatten. Einem Tunnel, der niemals fertiggestellt worden war.

Gezogen von unsichtbaren Fäden, war der

Junge einigen verstreuten Hinweisen gefolgt und hatte herausgefunden, dass die Bauarbeiter dem Wahnsinn verfallen waren und die engen Kammern, in denen man ihre gemarterten Seelen aufbewahrt hatte, niemals mehr verlassen hatten.

Der blasse Junge war bei jenen unheilvollen Botschaften kreidebleich geworden; war verloren durch das Dunkle gestolpert auf der Suche nach weiteren Hinweisen zu dieser ungreifbaren Bedrohung.

Schließlich hatte er noch einmal durch das *Handbuch der Monster* geblättert.

Und da plötzlich waren all die Fäden zu einem einzelnen Punkt zusammengelaufen: Die Bauarbeiter hatten bei ihrer Arbeit an dem Tunnel etwas freigelegt.

Etwas *geweckt*!

In den unterirdischen Tunneln war etwas erwacht: ein *Dämon*!

Joschua hatte seine Anwesenheit gespürt. Dann nämlich, wenn der Angstschweiß auf der Haut von einem eisigen Windstoß ergriffen wurde und er zu zittern begonnen hatte.

Mit weit aufgerissenen Augen und pochendem Herzen hatte er in dem *Handbuch der Monster* nach den Antworten gesucht, die ihm niemand sonst geben konnte.

Jener Dämon schien sich noch im Halbschlaf zu befinden. Seine Macht war beschränkt auf die U-

Bahn.

Doch mit jedem Augenblick, den er seinen uralten Schlaf abschüttelte, wurde die Welt ein Stückchen mehr die seine und etwas weniger die unsere.

Und wenn er erst voll erwacht wäre, würde er allmächtig sein.

Ein neuer *Gott*.

Und wenn man sich die wachsende Zahl der verschwindenden Menschen betrachtete, dann war die Stunde des Erwachens nahe.

Sehr nahe!

Doch noch konnte man ihn zurück in den Schlaf schicken.

Heute Nacht!

Joschuas Blick fiel noch einmal auf das *Handbuch,* er blätterte darin, bis er eine unheimliche Skizze des Dämons fand: ein geschlossenes Auge, dessen Nervenstränge in der Welt Wurzeln schlugen, die er sich einverleiben wollte.

Diese Nervenstränge krochen unter das Gewebe unserer Welt, bis sie dem Gefüge der Wirklichkeit Risse zufügten und schließlich hindurchbrachen.

Wenn das geschehen würde, würde er *alles* beherrschen!

Joschua schauderte; dann erinnerte er sich an all die Abende und Nächte, die er gemeinsam mit den anderen im Spiel verbracht hatte.

Und an Martín. An ihn besonders.

Er war der Erste, der ihm geglaubt hatte. Der Letzte, der von seiner Seite gewichen wäre.

Doch der Dämon hatte auch ihn geholt!

Joschua schaute auf sein Handy und tippte ungeduldig auf die Tischplatte.

Die anderen, die gemeinsam mit ihnen gespielt hatten, wollten sich ihm heute Nacht anschließen.

Womöglich waren sie schon auf dem Weg zu ihrem Treffpunkt.

Oder womöglich war ihnen klar geworden, dass es das eine war, die Monster mit dem Rollen eines Würfels in der Wärme eines Zimmers zu bekämpfen, und das andere, ihnen wahrhaftig zu begegnen.

Plötzlich klickte einer der Schalter der Stereoanlage und mit einem letzten Rauschen verklang die Musik.

»Joschua?«, erklang es vor der Tür.

»Ja, ich …« Der kreidebleiche Junge fand nur langsam in die Wirklichkeit seines Raumes zurück.

»Geh ins Bett, Joschua. Du weißt, dass du morgen …«

»… ja, ich weiß«, antwortete er – fiel ihr harsch ins Wort.

Und um die Lüge aufrecht zu halten, die er plante, sagte er: »Gute Nacht!«

»Gute Nacht!«, klang es von der anderen Seite

der Tür.

Dann war er allein.

Seine Gedanken richteten sich auf das geschlossene Fenster, das er öffnen würde, um sich hinauszuschleichen.

Täte er es nicht, würde der Morgen, von dem seine Mutter sprach, niemals anbrechen!

Er spürte, dass nur er von der Verschwörung der dunklen Mächte wusste, die unter der Stadt lauerten. Und er wusste, dass es dieses eine Mal auf *ihn* ankam.

Joschua kramte seine Sachen zusammen und stopfte sie in seine Umhängetasche. Sie lag auf dem Teppich seines Zimmers, der in dem Halbdunkel wirkte wie die frisch aufgehäufte Erde eines Grabes.

Er nahm die Bücher mit.

Seine Notizen.

Das *Handbuch der Monster.*

Und den *Dolch*! Den Dolch, den er mit Weihwasser geweiht hatte, wofür er in die Kirche eingebrochen war.

Beinahe hätte ihn der riesenhafte Pastor dabei erwischt gehabt.

Der geweihte Dolch stellte eine Macht dar, welcher Joschua nicht wirklich vertraute. Doch er durfte bei der Wahl seiner Waffen nicht wählerisch sein.

Als er glaubte, alles beisammenzuhaben, griff

er nach seinem Handy; tippte darauf, um noch einmal nach irgendeiner Nachricht zu spähen, und steckte es ein, als er keine Anzeichen dafür fand.

Er reichte gerade zum Fenster vor, als er etwas spürte.

Etwas.

Jemanden!

Er fühlte sich plötzlich nicht mehr allein. Sein Blick huschte herum; erforschte die dunklen Winkel seines Zimmers.

Dann sah er sie!

Sie saß auf seinem in wilde Unordnung gebrachten Bett – einem unwirtlichen Ort, der zu einem Hort schauriger Albträume geworden war, in dem er sich Nacht für Nacht hin- und hergewälzt hatte.

Die junge Frau mit dem blonden Schopf und dem von Bitterkeit gezeichneten Gesicht hockte auf der Bettkante und starrte den blassen Jungen an.

»Wer bist du?«, zischte er und warf einen flüchtigen Blick hinüber zu der Tür, weil er fürchtete, dass man ihn draußen hätte hören können.

Der Blondschopf hob die Brauen und weitete die Augen. »Das könnte ich dich fragen«, erwiderte sie widerborstig. »Das hier ist *mein* Traum.«

Der schmalgebaute Junge hockte sich einen

Moment lang auf den Boden und nahm den Gurt der schweren Umhängetasche von seiner Schulter.

Er blickte die junge Frau fragend an und entgegnete: »Wenn schon, dann ist das *mein* Traum. Und ich hoffe, ich träume nicht! Denn ich muss noch etwas … erledigen. Wirst du mich daran hindern?« Als ihm jener Gedanke kam, wich er ein Stück zurück. »Bist du ein Geist?«, fragte er.

»Beruhige dich.« Der Blondschopf hob beschwichtigend die Hände und probierte zu lächeln. »Ich bin genauso überrascht wie du.«

Und auf eine eigenartige Weise war sich Joschua sicher, dass das stimmte.

Er entspannte sich. »Wie heißt du?«, fragte er neugierig; flüsterte nur, um sich nicht zu verraten.

Die junge Frau auf seinem Bett ging darauf ein. »Ich heiße Bianca«, hauchte sie und deutete mit einem Wink ihres Kopfes auf den Jungen, um nicht mehr zu sprechen, als eben nötig war.

»Joschua«, antwortete der Junge auf die stumme Frage.

Dann nahm er den Gurt seiner Umhängetasche wieder in seine Hand und bereitete sich darauf vor, sie sich umzuhängen.

Er wagte zu hoffen: »Wenn du nicht hier bist, um mich aufzuhalten …«, meinte er, »… bist du vielleicht hier, um mich zu begleiten?«

»Wohin willst du denn?«, erkundigte sich Bianca.

Ihre Blicke fielen auf das weiche Bettzeug und sie fragte sich, wann sie zum letzten Mal in einem solchen Bett gelegen hatte.

Sie wollte nicht gehen.

Wollte für immer in jenem kleinen, dunklen Zimmer verweilen.

Joschua schaute sich um, so als würden sich in den Schatten des Raumes noch andere Gestalten verbergen, die ihn belauschten.

»Zur U-Bahn«, flüsterte er dann.

Und als er das sagte, kehrten die Erinnerungen in Biancas Schädel zurück.

Sie schluckte. Zitterte. Schweiß bildete sich an ihrer Stirn.

Der blasse Junge bemerkte es und trat etwas näher; legte die Hand auf ihre Schulter.

Probierte es zumindest.

Denn seine Hand fühlte keinen Widerstand, sondern drang in die junge Frau ein und verschwand darin.

Schnell zog er seine Finger zurück.

Nicht, weil er sich erschrocken hätte.

Sondern weil er nie zuvor eine Frau berührt hatte, die nicht seine Mutter war.

»Du bist tatsächlich ein Geist«, flüsterte er.

Bianca legte fragend den Kopf schief; dann schnaufte sie und presste die Lippen aneinander.

Ihre Augen waren mit einem dunklen Rot ummalt.

»Du darfst keine Angst haben«, hauchte der Junge und erklärte: »Angst ist seine Waffe. Du fühlst sie, wenn sie wie ein Wurm durch deine Eingeweide wühlt. Dein Körper zittert und doch bist du wie gelähmt. Du spürst, wie sie in deinen Kopf hineinkriecht und deinen Verstand zerfrisst. Sie höhlt dich vollkommen aus, und etwas anderes wird die Leere in dir füllen. Doch von dir wird am Ende nichts mehr übrig sein. Dann wirst du ihm gehören und seinen Befehlen gehorchen.«

Der Blondschopf schaute ihn an. »Woher weißt du das?«, fragte sie.

Der Junge fuhr sich durch das pechschwarze Haar, das ihm ins Gesicht gefallen war, und holte etwas aus seiner Tasche hervor.

»Das *Handbuch der Monster*«, erklärte er und reichte ihr das abgegriffene Heft.

Ein wenig zu spät erinnerte er sich daran, dass sie es kaum würde greifen können – ihre Finger fuhren durch den Einband hindurch und auf der anderen Seite wieder heraus.

Der Junge erschrak. Doch da geschah etwas, das er nicht erwartet hatte: Sie *lachte*!

Leise. Um ihn nicht zu verraten.

Dann aber wandelte sich ihr Lachen und sie blickte ihn voller zurückgekehrter Bitterkeit an: »Es ist wahr, Joschua. Alles, was du sagst, ist wahr.«

Er grinste. *Ich wusste es!*, wollte er ausrufen.

Doch dann erinnerte er sich, dass es bedeutete, dass ihm seine bittere Aufgabe unausweichlich bevorstand!

»Ich muss gehen«, flüsterte er.

Er nahm die schwere Umhängetasche, fuhr herum und öffnete das Fenster.

Und als er einen Blick zurückwarf, sah er, dass Bianca aufgestanden war und ihm nachfolgte.

Er lächelte ihr zu. Und sie erwiderte es.

Dann glitt er hinaus – hinaus in die regennassen Straßen.

An einer Ecke hielt er.

Er schaute auf sein Handy und steckte es zurück.

Für einen Augenblick fühlte er sich entsetzlich allein.

Doch dann fiel sein Blick auf seine Begleiterin. Er sog die feuchte Luft in seinen kraftlosen Körper und es belebte ihn.

All die anderen Menschen gingen einfach durch sie hindurch, so als wäre jener blonde Geist nur dafür in diese Zeit und diesen Ort gekommen, um ihm beizustehen.

Joschua raffte seine Kräfte zusammen und folgte den Stufen hinab in die U-Bahn.

Er schaute auf den Fahrplan.

»Verdammt, schon so spät!«, rief er aus.

Die letzte U-Bahn des Tages.

Joschua trat dicht an die Bahnsteigkante und

lugte in die gähnenden, schwarzen Tunnel.

Als plötzlich jemand hinter den Pfeilern auftauchte.

Es war ein Junge mit sorgfältig gekämmtem Scheitel. Und er hatte zwei Freunde dabei: einen grob aussehenden Jungen und ein Mädchen, das wirkte, als würde sie keiner Schlägerei ausweichen.

Die drei drängten Joschua gegen die Wand, als würden sie ihn unter sich begraben wollen.

Sie schlugen auf ihn ein, verstreuten den Inhalt seiner Umhängetasche.

Bianca hatte eingreifen wollen – ihre Hände aber fuhren wirkungslos durch die Körper der drei hindurch. Und als sie einen Schlag, der für Joschua bestimmt war, für ihn mit ihrem eigenen Gesicht abfangen wollte, prügelte die Faust einfach durch sie hindurch.

Einen der Gegenstände, den Joschua in seiner Tasche aufbewahrt hatte, nahm der andere Junge mit sich.

Einen Dolch.

Und plötzlich *erkannte* Bianca jenen Gegenstand! Sie erinnerte sich an etwas, das kaum in ihren Verstand vorgedrungen gewesen war, welcher von Ängsten zugewuchert gewesen war.

An eben jenen Dolch, der auf einem leeren Sitzplatz in einem U-Bahnwagen gelegen hatte.

Instinktiv fuhr ihre Hand an eine ihrer eigenen

Jackentaschen. Sie wusste, dass er *dort sein* müsste!

Sie hatte ihn eingesteckt, ohne zu wissen, warum.

Als die letzte U-Bahn ohne Joschua wegfuhr, erhob er sich schmerzerfüllt und sagte bitter: »Ich habe es nicht geschafft! Sie haben meinen Dolch.«

Er biss die Zähne zusammen, dass sie aneinander knirschten. »Ich muss es ohne ihn versuchen! Ich muss mich ohne meine Waffe in seine Fänge begeben.«

»Was tust du da?«, keuchte seine geisterhafte Begleiterin.

»Ich gehe durch die Tunnel«, antwortete er.

Dann schwang er sich hinab zu den Gleisen.

Genauso, wie sie es getan hatte.

Oder tun *würde*!

Plötzlich drang ein helles Licht aus dem Tunnel.

»Geh da weg! Ein Zug kommt!«, rief sie dem Jungen zu und probierte, ihm die Hand zu reichen, obwohl sie wusste, dass sie ihn niemals würde berühren können.

Doch Joschua achtete nicht darauf, sondern nutzte den Wimpernschlag, der den Zug von ihm trennte, für eine letzte Botschaft: »Du musst es tun, Bianca.«

»Was?«, weinte sie und probierte noch immer, den Jungen zu erreichen.

»Du hast alles, was du brauchst, Bianca. Du darfst keine Angst haben. Greif nach jeder

Möglichkeit, die du hast, um zu neuem Mut zu finden.«

»Ich?«, keuchte Bianca und schüttelte den Kopf.

»Du bist die Einzige, die es kann«, sagte der kreidebleiche Junge.

Seine Haut wurde plötzlich noch weißer, noch blasser.

Das Licht des Zuges hüllte ihn ein.

Bianca sah lediglich noch ein paar Flecken seines Gesichts.

Doch mit jenem Bisschen, was ihm geblieben war, *lächelte* er!

ACHT

Jonathan schnappte nach Luft wie ein Ertrinkender. Doch als er das tat, füllte sich seine Lunge mit einem ekelhaften Gestank und er würgte!

Er ruderte hilflos mit den Armen; schwamm durch ein zähes Gewässer.

Ein Gewässer aus feuchtkaltem *Fleisch*!

Er war umgeben von Körpern, nassem, zerfetztem Stoff und einem Dickicht von Gliedmaßen, die ihn festhielten und deren Finger sich in seiner Kleidung verfingen oder ihm mit den Fingernägeln über die Haut kratzten.

Mühselig kämpfte er sich durch die widerliche Masse hindurch und kannte dabei weder oben noch unten.

Irgendwann endlich gelangte er an die Oberfläche. Er tauchte aus dem entsetzlichen Meer aus Körpern empor und keuchte.

Als er es sich schließlich umzublicken wagte, erkannte er, dass er wahrhaftig aus einem Berg von Körpern herausgetaucht war. Einem Berg aus *Leichen*!

Er zog sich aus dem Geflecht aus ineinander verhakten Gliedmaßen heraus und kam stöhnend und ächzend auf dem wackligen Haufen zum Liegen.

Langsam krochen die Erinnerungen in ihn zurück.

An die düsteren U-Bahntunnel, jene engen Gedärme unter der grellen Oberfläche der Stadt.

An den endlos scheinenden Sturz durch das Loch, welches sich unter ihnen geöffnet hatte, so als wolle es sie noch tiefer hineinziehen in jenen Albtraum.

Er erinnerte sich an die ganze, entsetzliche Höllenfahrt!

Und an seine Ehefrau!

Sofort kehrte ein wenig seiner Kraft in seinen ausgezehrten Leib zurück. Und obwohl ihm nichts drängender erschien, als von diesem Berg aus Kadavern herabzusteigen, blickte er noch einmal tief in ihn hinein.

Er wühlte darin, schob Arme und Beine auseinander und brachte den ganzen Haufen zum

Einsturz.

Er suchte fiebernd nach dem bisschen Fleisch, das nicht aschfahl war, sondern rosig und warm!

Schließlich fand er es; er packte zu und zerrte daran mit aller Kraft.

Daphne tauchte aus dem Haufen empor. Er zog sie heraus; spürte das fragile Pulsieren des Blutes an ihren Handgelenken.

Sie war noch bewusstlos. Genauso, wie er es gewesen war.

Doch unter der plötzlichen Krafteinwirkung erwachte sie.

Zunächst konnte sie sich keinen Reim auf das machen, was sie so kalt umspülte.

Doch als langsam ein erstes Verständnis für ihre Umgebung in sie hineinsickerte, begann sie zu schreien!

Jonathan nahm seine Frau in den Arm und wog sie, bis sie ihn erkannte und sich an ihn klammerte.

»Es ist gut! Es ist alles gut!«, sprach er ihr eindringlich zu.

Er sprach es zu ihr.

Er sprach es zu sich *selbst*.

Denn natürlich war nichts davon wahr!

Dennoch lebten sie; fühlten das Herz des anderen schlagen, als sie so dicht beieinander lagen, und weinten dabei.

Während die schwarzhaarige Frau ihre Augen geschlossen hatte, standen die ihres Ehemannes offen.

Und so fiel ihm eine weitere Farbe ins Auge: Ein blonder Haarschopf lugte aus dem aschfahlen Grau heraus.

Es war Bianca!

Jonathan rüttelte Daphne behutsam, um sie aus ihrer Starre herauszudrängen. Dann deutete er zu dem hinüber, was er erspäht hatte.

Seine Frau sah es auch; sie regte sich und eilte gemeinsam mit ihm hinüber. Sie verfingen sich in den Gliedmaßen, stolperten, sanken tief in den abscheulichen Haufen ein und halfen sich gegenseitig wieder heraus.

Sie erreichten jenes Stückchen Leben in dem Berg des Todes, packten gemeinsam zu und zerrten sie herunter von dem Leichenberg.

Im Angesicht jener Schrecken war es wie ein Segen, dass sie während der ganzen Zeit nicht erwachte.

Erst, als die junge Frau in Daphnes Armen lag, bemerkten sie, dass sich ihre Hand um einen eigenartigen Gegenstand geklammert hatte.

»Sieh nur, sie hat irgendetwas in der Hand«, erkannte Jonathan und betrachtete die spitze, schimmernde Klinge in ihrer Faust.

Einen *Dolch*!

Er probierte, die Finger sanft auseinanderzubiegen.

»Ich bekomme ihre Hand nicht auf«, fasste er

dann seine vergeblichen Bemühungen zusammen.

»Lass sie nur«, flüsterte Daphne.

Nach einer Weile schlug Bianca schließlich ihre Augen auf.

Das Erste, was sie erblickte, war der Mann, den sie vor einer Weile bestohlen hatte und den sie mehr als einmal wild angegangen war.

Er lächelte sie an, und all das, was sie getan hatte, tat ihr mit einem Mal unendlich leid.

Als sie sich dann umblickte und den grauenhaften Berg erblickte, stand das Entsetzen in ihren Augen und sie wimmerte.

Doch das Ehepaar nahm sie in den Arm und flüsterte ihr beruhigend zu.

Und niemand erzählte ihr, warum sie in ihren Armen erwacht war und wie sie dort hingekommen war.

Wo sie noch einen Augenblick zuvor gesteckt hatte!

Vielleicht hätte die junge Frau es geahnt, wenn sie an ihrer Kleidung gerochen und die Kraft gefunden hätte, sich etwas zurechtzureimen.

Doch die beiden ersparten ihr dieses hässliche Detail.

Sie kauerten eine ganze Weile gemeinsam auf dem Boden, bis ihre Körper einander gewärmt hatten und sie glauben ließen, dass sie noch lebten.

Erneut war es Jonathan, der als Erster den Blick von den zwei anderen Menschen nahm und mit seinen Blicken den schrecklichen Ort erkundete, an den es sie verschlagen hatte.

Er schluckte, und musste verhindern, dabei an sein eigenartiges Erwachen in jenem schaurigen Meer zu denken.

Wenn er über jenen Haufen hinwegschaute, der seinen Blick einzunehmen drohte, erkannte er, dass sie sich in einer Art Kammer befanden: einem steinernen Gewölbe.

Zunächst schien es irgendwelchen uralten Katakomben zu ähneln, mit seinen geradezu kunstvoll gestalteten Fassaden und den dunklen Nischen, die sich tief hinein zwischen die Steinblöcke duckten.

Doch jenes Gewölbe war von einem unheilvollen Verfall gekennzeichnet: die Wände und Decken bröckelten und die Wände schimmerten von einer alles verschlingenden Feuchtigkeit.

Ein aschfahles, schwächliches Licht sickerte in die unterirdische Kammer, deren Quelle er nicht ausmachen konnte.

Doch mehr und mehr offenbarten sich seinen Blicken in jenem kümmerlichen Licht böse Eigenheiten, die darauf hindeuteten, dass jene tiefen Kammern von keinem Menschen geschaffen worden waren!

Überreste von Ornamenten trotzten erfolglos dem Verfall, und jene schienen ihm unheilvolle

Geschichten zuzuflüstern, von einer uralten, dunklen Macht, die nach denen griff, die es wagten, ihr verfluchtes Königreich zu betreten.

Seltsame Symbole verunstalteten die Fassaden. Symbole, die von einer solch abartigen Komplexität waren, dass sie unmöglich eine von Menschen gesprochene Sprache in sich verbergen konnten.

Und auch nicht für einen solchen bestimmt waren!

Sie bereiteten ihm Schwindel, und sein Blick fiel unbeabsichtigt hinauf zu der gewölbten Decke und zu dem gähnenden Loch, durch das sie hindurchgefallen waren auf jenen Leichenhaufen.

Erst eine ganze Weile später, so als wäre die fremde Architektur dafür gemacht, die Sinne zu täuschen und gefangenzunehmen, entdeckte er auf der gegenüberliegenden Seite der aufeinandergehäuften Körper einen Durchgang: eine Pforte!

Sie schien sie aus jener Kammer herausbringen zu können.

Oder sie führte tiefer in jenen Albtraum hinein, wo sie Antworten finden würden auf Fragen, die sie nie zu stellen gewagt hatten!

Jonathan entschied sich für die *erste* Möglichkeit.

»Wir müssen noch einmal über diesen …«, begann er und hielt in seinem Reden inne.

»… über dieses *Hindernis* steigen«, probierte er dann, die schlechte Nachricht etwas milder zu gestalten.

Daphne nahm den Hinweis in sich auf, prüfte, in welche Richtung ihr Ehemann blickte und sah den Durchgang schließlich auch.

Es war unvermeidbar, dass ihr Blick dabei auf einige der Körper traf, die reglos und mit von stummen Schreien geweiteten Mündern dort aufgebahrt lagen.

»Ich erkenne einige von ihnen«, schluchzte die schwarzhaarige Frau.

»Was sagst du da?«, keuchte ihr Mann.

Erst jetzt tat er, was er seit seinem Erwachen vermieden hatte: Er schaute die Toten an!

Doch vielleicht war sein Geist zu zugeschüttet, dass ihm entging, was seine Frau längst begriffen hatte.

Als sie spürte, dass er es nicht sah, hauchte sie: »Die Vermissten. All die Vermissten. Das sind *ihre* Gesichter!«

»Wie kannst du das wissen?«, hinterfragte Jonathan. »Sie sehen den Fotos der Personen nicht ähnlich. Diese Gesichter sind …« Er spürte erst jetzt, dass er die Toten anstarrte wie irgendein *Ding* und schlug sich weinend die Hand vor den Mund.

Er konnte die Ähnlichkeit nicht sehen.

Denn er hatte nicht mitangesehen, wie sich

dieselben Fotos an der Wand des Schreckens von einem auf den anderen Moment *verwandelt* hatten!

Aber sie – Daphne – hatte es gesehen.

Plötzlich zuckte Bianca zurück gegen die Wand des Gewölbes, als eine Erinnerung in sie zurückkehrte. »Erinnert ihr euch an die Kreaturen, die uns verfolgt haben? Wer waren sie? Sind es …« Sie erschrak vor ihrem eigenen irrsinnigen Einfall. »… sind es diese Leichen gewesen?«

Jonathan schüttelte den Kopf. »Diese Menschen dort sind tot. Diejenigen, die uns verfolgt haben …«

Er brachte es nicht fertig, weiterzusprechen.

»Dann sind sie noch irgendwo«, schloss der Blondschopf und drängte: »Wir müssen versuchen, hier herauszukommen.«

»Du hast Recht«, stimmte er ihr zu.

Er erhob sich und half seiner Frau auf die zitternden Beine.

Und obwohl Bianca nichts so sehr drängte, wie jene schaurige Kammer durch den Durchgang ins Ungewisse zu verlassen, blickte sie noch einmal zurück. Zurück zu genau der Stelle, an welcher sie gesessen hatten.

»Warten Sie«, forderte sie die beiden anderen auf und trat die wenigen Schritte zurück.

Sie bückte sich und hob auf, was Jonathan aus Versehen fallengelassen hatte.

Seine *Brieftasche*.

»Sie haben Ihre Brieftasche verloren«, sagte sie und probierte ein Lächeln.

Es sah traurig aus.

»Hätte ich Sie Ihnen doch nie geklaut. Dann wäre keiner von uns jetzt hier«, raunte sie.

Jonathan kam ihr entgegen und versuchte seinen Teil des Lächelns.

Lediglich Daphne gelang die Geste, als sie die beiden beobachtete.

Als er die Brieftasche von ihr entgegennahm, fiel etwas heraus.

Zunächst schien es nur irgendein nutzloser Zettel zu sein.

Doch als sich Bianca bückte, um es aufzuheben, erkannte sie, dass es ein Foto war.

Das Foto ihres Sohnes.

Ohne es zu wollen, drehte sie es herum und betrachtete es.

Und als sie das tat, weiteten sich ihre Augen!

Sie *kannte* das Gesicht auf dem Foto.

»Joschua?«, keuchte sie. »Joschua ist ihr Sohn?« Sie stellte eine Frage, deren Antwort sie längst kannte, um die Möglichkeit zu beschwören, dass es sich um einen Irrtum handelte.

Doch Jonathan nickte; seine Lippen waren zu einem dünnen Strich zusammengepresst und seine Augenlider bebten.

Doch Daphne spürte, dass etwas Unheilvolles drohte und trat an die beiden heran.

»Du kennst ihn?«, flüsterte sie der jungen Frau zu.

Und da drehte der Blondschopf das Bild um.

Den beiden anderen erschien es nur ganz gewöhnlich.

Doch Bianca rief: »Das ist er! Das ist der Junge, den ich am Bahnsteig gesehen habe!«

Sie überlegte: *Und ich sah ihn ein zweites Mal an einem Ort und zu einer Zeit, an der ich ihm niemals hätte begegnen dürfen.*

Doch diese Begegnung verschwieg sie ihnen.

Jonathan nahm ihr das Foto hastig aus den Fingern. »Du musst dich irren«, behauptete er. »Ich bin mir sicher, die Schatten in der U-Bahnstation haben dir einen Streich gespielt. Unser Sohn ...« Er verstaute das Foto in der Brieftasche und die Brieftasche in seinem Mantel.

Dann griff er in die Hand seiner Ehefrau. »... unser Sohn ist *tot*«, sagte er.

»Wie?«, wollte Bianca wissen – sich *vergewissern*. »Wie ist er gestorben? Ist er ebenfalls in der U-Bahn verschwunden?«

»Das spielt doch keine Rolle!«, polterte Jonathan. »Dass dir die Person auf dem Bahnsteig ähnlich erschien ist doch bloß Zufall. Sonst nichts!«, tat er es ab.

Er *wollte* nichts mehr davon wissen.

»Zufall?«, keuchte der Blondschopf. »Und was ist mit dem anderen Jungen? Fabian? Den, den der

Pastor in dem Tunnel erkannt hatte?«

Sie schüttelte den Kopf. »Ich glaube nicht mehr an Zufälle. Ich glaube vielmehr, dass Joschua Recht hatte! Dass sich etwas hier unten befindet, das die Seelen all dieser Menschen in den Schatten gefangenhält, während ihre bleichen Überreste zum Leben erwachen und seinen Befehlen folgen.«

»Dass er *Recht* hatte?«, hinterfragte Daphne.

Da erst bemerkte Bianca, dass sie unbewusst auf ihre eigenartige Begegnung hingedeutet hatte.

Einer Begegnung, die niemals hätte stattfinden dürfen!

Die junge Frau erwiderte: »Ich bin Joschua begegnet. In einem ... Traum.«

Jonathan lachte spöttisch und schüttelte den Kopf. »Das ist doch Unsinn! So etwas gibt es doch gar nicht.«

»Wirklich?«, flüsterte seine Frau. »Nach all dem hier bin ich mir nicht mehr sicher, was ich glauben soll.«

Er schüttelte wieder den Kopf, so energisch, dass ihm die Wirbel am Hals knackten. »Das ist doch Unsinn! Unsinn!«, fluchte er hilflos vor sich hin.

Bianca nickte ihm mehrere Male zu: »Vor einer Weile hätte ich das selbst für den größten Unsinn gehalten.«

Jonathan wandte sich wütend von den zwei Frauen ab und zurück zu dem *Hindernis*, welches sie zu bewältigen hatten. Es zu überwinden, war das Einzige, woran er dachte.

Vor allem anderen verschloss er sich.

Bis er es nicht mehr konnte und gezwungen wurde, sich der verdrehten Wirklichkeit in diesem Albtraum zu stellen.

Er erstarrte, und als die beiden anderen sein unheilvolles Verhalten bemerkten, folgten sie seinem Blick.

Eine Eiseskälte lähmte ihre Körper.

Denn aus dem riesigen Leichenhaufen grub sich etwas empor.

Die Hand eines einzelnen Menschen brach aus der Oberfläche heraus und krümmte ihre dürren Finger.

Doch sie war nicht rosig wie von warmem Blut durchströmt, sondern leichenblass wie die anderen.

Die Hand stützte sich auf die reglosen Leiber, um den Rest eines schmalgebauten Körpers Stück für Stück emporzuheben, dürrer noch als er zu Lebzeiten gewesen war.

Schwarzes Haar bedeckte das Gesicht bis hinab zu den Schultern, doch Jonathan und Daphne erkannten den Menschen doch, dessen Leib über die anderen hinwegrutschte, bis er den Rand des Leichenberges erreicht hatte.

Die Gelenke jenes Körpers knackten und verdrehten sich in dem verzweifelt scheinenden

Versuch, das gebrechliche Gebilde aufzurichten.

Irgendwann gelang es ihm; diejenigen, die es beobachtet hatten, waren wie gelähmt.

Die schmale Gestalt hob langsam ihren Kopf. Und als wäre er dem dürren Hals zu schwer, klappte er knackend hinüber zu einer seiner Schultern.

Und als das geschah, fielen einige der schwarzen Haarsträhnen zur Seite und entblößten einen Teil des Gesichts.

»Joschua?«, keuchte Daphne und brach auf ihre Knie.

Jonathan verlor die Hand seiner Ehefrau aus der seinen. Er konnte ihr nicht folgen; konnte nicht einmal zusammenbrechen, so gelähmt war er.

Das Gesicht der schmalen Gestalt war kaum zu erkennen, so grauenvoll war es zugerichtet. Es zeigte deutliche Zeichen der Verwesung, weit jenseits der totenbleichen Haut.

Die Augen saßen wie weiße Kugeln in tiefen, schwarzen Höhlen, sodass man nicht sagen konnte, ob sie etwas erblickten.

Es war derselbe Junge, den Bianca allein auf dem Bahnsteig erblickt hatte.

Derselbe Junge aus ihrem Traum.

Und doch!

»Joschua …«, stammelte der Vater des Jungen. »… *Joschua*!«

Da breitete der leichenhafte Junge die Arme

auseinander, als würde ein Marionettenspieler ihn wie eine Puppe an unsichtbaren Fäden lenken.

Doch seine Mutter erkannte in jener Geste den verzweifelten Wunsch des Jungen nach einer Umarmung und rutschte langsam auf den Knien zu ihm hinüber.

Bianca wusste nicht, ob es ihre entsetzliche Reise gewesen war, die ihr die Seele abgestumpft hatte, oder irgendeine Art schicksalhafter Fügung, doch sie behielt in jenem entsetzlichen Moment ihren Verstand.

Als *Einzige*!

Sie erinnerte sich an die eigenartige Gestalt, die ihnen in dem endlosen U-Bahntunnel begegnet war: Fabian.

An den Pastor, der sich ihm genähert hatte.

Und wie ihn die Gestalt in die Tiefe gezogen hat, die einmal ein Mensch gewesen war, aber lang nicht mehr.

Und sie erinnerte sich an die grauenhaften Schemen, die aus der Dunkelheit gequollen waren.

Männer. Auch Frauen.

Und Kinder. So viele Kinder.

»Das ist nicht Ihr Sohn!«, rief der Blondschopf hinüber. »Das ist etwas *anderes*!«

Doch da war es bereits zu spät: Die Gestalt des Jungen fuhr herab auf die sich kniend nähernde Mutter – und ein geifernder Schlund vergrub sich in ihr.

Sie schrie, und da fiel Jonathans Starre von ihm ab und er eilte ihr zur Hilfe.

»Nein!«, brüllte Bianca, wich zurück und presste sich gegen die Wand des Gewölbes.

Sie wurde Zeuge eines entsetzlichen Todeskampfes: Der Vater packte die Gliedmaßen der Kreatur, die das Antlitz seines Sohnes angenommen hatte, und zerrte sie fort.

Riss sie ihm aus!

Doch selbst, als der Körper seine Arme eingebüßt hatte, biss der Kopf noch fest an der Mutter.

Jonathan packte den Leib und probierte, ihn fortzuziehen.

Doch alles, was er zu fassen bekam, war die Haut des Jungen! Sie glitt von dem Körper und entblößte ein Bündel von Käfern und Würmern, die sich umeinanderwanden um die Form eines Mensch anzunehmen, die sich mit Haut kleiden konnte.

Eines dieser widerlichen Geschöpfe kroch aus dem geöffneten Mund jener Gestalt und krabbelte in Daphne hinein, wo es sich in sie hineinwühlte und ihren Körper zucken ließ, während es sie innerlich zerfraß.

In einer entsetzlichen Vorahnung sah Bianca hinüber zu dem Leichenhaufen, und da sah sie bestätigt, was sie befürchtet hatte: Die Leichen begannen zu leben!

Die junge Frau sah nur eine einzige Möglichkeit, wollten sie ihr Leben bewahren: hinüberzueilen zu der entsetzlichen Pforte ins Ungewisse.

Hier drinnen aber – in diesem unterirdischen Grab – konnten sie es nur verlieren!

Sie nutzte die starren Momente, in denen die Leichen probierten, sich in der Menschenhaut zurechtzufinden, um hinüberzuspringen. Sie stolperte, sackte ein und kämpfte sich aus dem wogenden kalten Meer aus Körpern wieder hinaus.

»Kommen Sie, Jonathan!«, rief sie dem anderen Lebenden zu, wagte aber nicht, sich umzublicken.

Und während ein unmenschliches Stöhnen hinter ihr laut wurde, stürmte sie allein durch die Pforte hindurch.

NEUN

Bianca stürzte durch den schauderhaften Torbogen, der übersät war mit unheilvollen Ornamenten einer dunklen Macht.

Und kaum hatte sie die andere Seite erreicht, da spürte sie mit einer eigenartigen Gewissheit, dass ihr die Horde aus lebenden Leichen nicht folgen würde.

Denn was sie betreten hatte, war kein Ausgang aus jener albtraumhaften Schattenwelt, in der Ausgänge nicht immer dorthin führten, wohin man es erwartete.

Es war der Eingang zu einer noch Schlimmeren!

Die junge Frau befand sich an einem Ort, welcher endgültig die Wirklichkeit abgestreift zu haben schien. Er hatte sich ihr entledigt wie einem abgetragenen Kleidungsstück, um zu entblößen, was darunter lauerte.

Ein klägliches Stöhnen drang von überall und nirgendwo an ihre Ohren. Und in dieses Stöhnen mischte sich das Wispern all jener Seelen, die an diesem schrecklichen Ort gefangen waren.

Sie duckte sich instinktiv herab, so als könne sie dadurch den Blicken des Dämons entkommen, der ohne jeden Zweifel hier unten lauerte.

Doch ein dämmriges Licht drohte damit, jeden Versuch zu entlarven, sich zu verbergen – das eigenartige Licht, welches auch in die unterirdische Kammer hineingedrungen war, hatte hier seinen Ursprung.

Bianca befand sich in einem engen Gang, der sich in die Tiefe erstreckte. Die Oberfläche jenes Korridors aber war mit zuckenden Tentakeln bedeckt, jeder davon dick wie ein Menschenarm. Jene Tentakel pulsierten mit einer düsteren Energie, die ihre fleischige Oberfläche aufleuchten ließ und den gesamten Tunnel in ein hässliches Licht tauchte.

Wenn die Tentakel pulsierten, dann war es, als zucke ein Blitz durch die Tiefe des Korridors und glimme noch etwas nach. Ein Blitz tief unter der Erde!

Mit jedem Aufleuchten ertönte ein dumpfes Rumoren wie ein ferner Donner, welcher für einen Wimpernschlag das entsetzliche Stöhnen verdrängte.

Ein seltsames Spiel aus anwachsendem und schwindendem Licht und ebensolchen veränderlichen Schatten durchdrang den Tunnel.

Die junge Frau hoffte, dass es jenes Phänomen war, das den Wänden selbst die Anmutung von Bewegung verlieh.

Doch als die Adern ein weiteres Mal pulsierten und die Wände für einen Augenblick hell erleuchteten, da erkannte sie, dass selbst die Wände lebten!

Die Oberfläche des Tunnels bestand aus einem eigenartigen, organischen Material, das in ihr den übelkeiterregenden Gedanken an Haut erregte.

Die Tunnel wogen sich, erbebten, und der lange Korridor veränderte seine Richtung; formte Kurven, Erhebungen oder sank in die Tiefe.

Bianca musste darauf Acht geben, ihr Gleichgewicht zu bewahren, und auch der Boden unter ihren Füßen gab mit schmatzenden Geräuschen nach, wenn sie die Position ihrer Füße veränderte.

So als befände sie sich inmitten der Eingeweide eines uralten Wesens, das tief unter der Erde geschlafen hatte und nun langsam die Trägheit eines unermesslich langen Schlafes abschüttelte!

Mit jedem Augenblick, den er seinen uralten Schlaf abschüttelte, wurde die Welt ein Stückchen mehr die seine und etwas weniger die unsere.

Bianca wusste, dass jeder Schritt voran sie nicht etwa weiter von jenem Übel fortbringen würde.

Sondern immer näher an seine Wurzel heran!

Doch sie erinnerte sich noch an etwas anderes: an die letzten Worte eines Jungen, dem sie niemals begegnet war und dem sie doch so nahe gekommen war.

Du hast alles, was du brauchst. Du darfst keine Angst haben. Greif nach jeder Möglichkeit, die du hast, um zu neuem Mut zu finden.

Der Blondschopf dachte einen Augenblick über jene Erinnerung nach. Sie kauerte in dem Tunnel und lugte vorsichtig in seine Tiefe, während die Wände heranrückten und sich entfernten, so als wollten sie den Eindringling erdrücken.

Und dann rüstete sie sich: In die rechte Hand nahm sie Joschuas geweihten Dolch, in die linke Pascals schweren Rosenkranz.

Es waren Waffen, die sie nicht verstand. Und sie führte sie gegen einen Gegner, den sie nicht kannte!

Doch sie war das letzte, verzweifelte Aufbäumen des Lebens in einer Welt, die drohte, von den Mächten der Dunkelheit erobert zu werden.

Du bist die Einzige, die es kann.

Bianca wagte sich tiefer in den lebenden, sich verändernden Korridor hinein; fühlte die eigenartige Energie der Tentakel auf ihrer Haut brennen.

Plötzlich entdeckte sie weit vor sich zwei schlurfende Schemen – sie begriff sofort, was sich da in der Finsternis näherte.

Es waren zwei jener Kreaturen, die sich die Haut der Menschen übergezogen hatten wie irgendeinen faltigen, stinkenden Mantel.

Noch waren sie ein Stück weit entfernt; stolperten und humpelten auf sie zu.

Noch einmal bückte sich Bianca weit hinab und spähte nach einem besseren Versteck herum.

Als die Tentakel noch einmal heftig pulsierten, erkannte sie eine Nische in der Wand des Tunnels. Eine dünne Hautfalte, die breit genug sein würde, sich hineinzupressen.

Sie huschte hinüber und drückte ihren Körper in den Spalt hinein; spürte plötzlich am eigenen Leib die hautartige, feuchte Struktur des Tunnels, die sie gierig umschloss.

Sie verzog angewidert das Gesicht, doch blieb sie in ihrem Versteck, bis die Gestalten dicht neben ihr vorbeizogen.

Als sie ihr ganz nahe waren und die Blitze sie erhellten, erkannte Bianca noch einmal ihr schreckliches, verzerrtes Antlitz und sie unterdrückte einen Schrei.

Eine der Gestalten war der anderen ein Stück weit voraus und ging ahnungslos an der verborgenen Frau vorbei.

Die zweite Gestalt dagegen hielt unmittelbar neben ihr an!

Die Gestalt stöhnte und ein Knacken durchfuhr ihre Wirbelsäule, als sie sich zu allen Seiten umdrehte, so als würde sie etwas ahnen!

Als ein besonders heller Blitz aufleuchtete, erkannte die Frau in ihrem Versteck, dass sich ein unnatürlich massiger Wurm aus dem Mund der Kreatur löste, dick wie ein Handgelenk.

Der Wurm kroch an dem Körper der Gestalt umher, so als wüsste die Kreatur nicht, warum sie das Innere des Leibes verlassen hatte.

So krabbelte der verirrte Wurm wieder dort hinein, woher es gekommen war. Und als sein letztes Stück in dem Schlund verschwunden war, drehte sich die Gestalt um und humpelte der anderen hinterher.

Als sich die beiden Kreaturen weit genug entfernt hatten, löste sich der Blondschopf mit einem schmatzenden Geräusch aus dem Versteck.

Sie rannte weiter den Gang hinunter; folgte den Tentakeln hin zu ihrem Ursprung.

Und plötzlich erreichte sie ihn!

Am Ende des lebenden Tunnels liefen die Tentakel an einem einzelnen, entsetzlichen Ursprung zusammen: eine gewaltige, fleischige Kugel füllte das Ende des Korridors vollständig aus.

In ihrer Mitte aber war das Fleisch der Kugel

aufgespalten; wulstige Ränder wie ein dichtes Narbengewebe wölbten sich um diesen Riss.

Jener Spalt entblößte das, was unterhalb jener fleischigen Hülle lag: Es war ein Auge!

Die Tentakel pulsierten erneut, und als das geschah, drehte sich der Augapfel willkürlich in die eine und die andere Richtung.

So wie es ein Schlafender tut, wenn er von Träumen geschüttelt wird!

Bianca erschrak und trat instinktiv einen Schritt zurück – fort von jenem Dämon.

Sie spürte ein Zittern in ihren Eingeweiden. So als wühlte einer jener fetten Würmer in ihnen herum, so wie sie es bei jener Gestalt in dem Korridor erblickt hatte.

Sie spürte sie: die *Angst*!

»Du bist weit gekommen«, raunte plötzlich eine Stimme. Sie kam von überall und nirgendwo; füllte jenen Ort vollständig aus und krabbelte hinein in ihren Kopf.

Du darfst keine Angst haben.

»Ich …«, stammelte der Blondschopf, »… ich habe keine Angst.«

»Doch, du *hast* Angst«, stellte die Stimme unzweifelhaft fest. »Du *stinkst* vor Angst.«

Der Augapfel rutschte erneut hin und her, als ein weiteres Pulsieren durch die Tentakel drang.

»Bald wirst du ebenfalls mir gehören«, prophezeite der Dämon. »So wie die gesamte Welt, aus der du kommst.«

»Nein«, sagte Bianca da widerborstig. »Ich werde niemals eine deiner madenzerfressenen Hüllen, die deinen Befehlen gehorchen, Dämon.«

Doch sie hatte Mühe, ihre Stimme beisammenzuhalten.

Sie entglitt ihr.

Deshalb hob sie den Dolch.

Er wirkte schwer in ihrer Hand. Unendlich schwer!

Sie bekam ihn kaum empor; die Muskeln ihres Armes zitterten und ächzten.

»Leg die Waffe weg und komm zu uns«, erklang plötzlich eine Stimme.

Doch sie war nicht die des Dämons!

Sie kam aus ihrem Rücken, und auch wenn sie von einem jammervollen Stöhnen begleitet war, erkannte sie sie.

»Jonathan?«, weinte die junge Frau und drehte sich zu dem herum, der in ihrem Rücken auf sie zuschritt.

Einen Moment lang wagte sie zu hoffen, dass der Mann es zu ihr in den Gang geschafft hatte. Dass er den Fängen der lebenden Leichen entglitten war.

»Bianca«, stöhnte Jonathan und streckte die Hand nach ihr aus. »Bianca, wir können zusammen sein. Eine Familie. Wir alle! Du musst nie wieder fortlaufen. Wirst nie wieder allein sein.«

Seine Stimme war gequält, als wäre der Mund nicht für menschliche Worte gemacht.

Als wären es bloß Silben, die eine andere Wesenheit aneinanderreihte.

Ein *Dämon*! Ein Dämon, der sich in die Hülle jenes Mannes eingenistet hatte, unter der sich die Maden tummelten und den Befehlen einer dunklen Macht gehorchten.

Die junge Frau weinte.

Verzweifelte!

Sie ballte ihre Fäuste dichter zusammen, spürte den Griff des Dolches in ihrer Hand, doch fand sie keine Kraft, ihn zu benutzen.

Doch als sie die andere Hand zusammenpresste, drückten sich plötzlich harte Kanten tief in ihre Handflächen: das Kreuz des *Rosenkranzes*!

Manchmal hilft er mir, einen klaren Kopf zu behalten. Aber ich möchte, dass du ihn nimmst. In Zeiten größter Angst wird er dir vielleicht neuen Mut machen.

»Pascal«, flüsterte der Blondschopf den Namen des Mannes, der ihr dieses Geschenk gemacht hatte. Ein Geschenk, mit dem sie so wenig anzufangen gewusst hatte.

Und mit einem Mal – so als woge eine *andere* Kraft durch ihren Körper, die der des Dämons *entgegengesetzt* war – gewann sie die Gewalt über ihren Körper zurück!

Die Kreatur in Jonathans Haut schien ihr Zögern zu wittern. Ihre Zweifel.

Ihren *Mut*!

Da sprang sie vor; ihr geiferndes Maul öffnete sich.

»Zur Hölle mit dir!«, brüllte Bianca, drehte sich schlagartig um, hob den Dolch und rammte ihn hinein in das Auge!

Er durchdrang die fleischigen Lider, die sich im letzten Moment wie zum Schutz um den Augapfel schließen wollten. Und als er hineinstach, zuckten die Tentakel wild umher; glühten auf, so als würden sie verbrennen.

Das Donnern der Blitze schwoll an zu dem grollenden Schmerzensschrei eines uralten Dämons, als ein gleißendes Licht den Tunnel erfüllte und sie einhüllte.

ZEHN

Eine schwere Hand packte Biancas Schulter und zerrte an ihr, dass sich die Fingerkuppen tief in ihr Fleisch hineindrückten.

Sie schrie und stemmte sich mit aller Gewalt dagegen.

Doch das gleißende Licht in ihren Augen schmerzte mehr als das Reißen an ihrer Schulter.

»Dieses Licht!«, rief sie und hielt die Hände schützend vor das Gesicht.

»Vorsicht!«, drang da ein besorgt klingender Ruf an ihre Ohren. »Vorsicht, der Zug!«

Die junge Frau schaute vorsichtig zwischen ihren Fingern hindurch und plötzlich schälten sich einzelne Konturen ihrer Umgebung aus dem schmerzenden Licht heraus.

»Sind Sie verrückt geworden?!«, brüllte die Stimme sie an. »Wollen Sie sich etwa umbringen?!«

Da verstärkte sich der Griff um ihre Schulter noch einmal und mit einer ungeheuren Gewalt riss sie den Blondschopf zurück.

Bianca stürzte; prallte hart mit dem Rücken auf dem Boden auf.

Auf einem harten, kalten *Fliesenboden*!

Dicht vor ihr rauschten die Scheinwerfer eines U-Bahn-Zuges an ihr vorbei, und plötzlich erkannte die junge Frau, wo sie sich befand.

Sie lag auf einem *Bahnsteig*!

Ein Zug war soeben eingefahren.

Inzwischen hatte sich eine Menschenmenge rund um sie herum versammelt. Sie blickte auf sie hinab und plapperte aufgeregt.

Doch nach und nach lösten sich einzelne Personen heraus, um in den Zug zu eilen, welcher soeben eingefahren war.

»Geht es Ihnen gut?«, fragte jetzt die besorgte Stimme, welche zu demjenigen gehörte, der noch immer an ihrer Schulter festhielt.

»Was …?«, kam es verwirrt aus ihrer Kehle.

»Sie haben so dicht an der Bahnsteigkante gestanden«, erklärte die Stimme, »da dachte ich, Sie wollten sich umbringen. Da habe ich sie zurückgezogen.«

»Ein Held!«, flüsterte es ehrfürchtig irgendwo in der Menge.

Dann lichteten sich die Reihen um sie herum weiter.

Bianca blinzelte. Sie spürte noch immer den Schmerz, den das gleißende Licht ihren Augen bereitet hatte, und noch konnte sie keine Einzelheiten erkennen.

Sie betrachtete den Mann, dem die Stimme gehörte. Doch er war noch kaum mehr als ein großer, schwarzer Schemen, der über ihr aufragte.

»Pascal …?«, fragte sie.

»Wie bitte?«, antwortete der andere.

Da endlich gewann der Schemen an Formen: die Formen eines großen, hageren Mannes, auf dessen Nasenspitze ein rundes Brillengestell saß.

»Sie sind nicht Pascal«, stellte sie laut fest.

Dann stand sie auf, wischte die Hand des Mannes von ihrer Schulter und schaute sich um.

Die U-Bahnstation umschloss sie mit ihrer nüchternen Architektur. Ein wenig den Bahnsteig herunter befand sich gut sichtbar der Ausgang aus jenem unterirdischen Reich. Und an die Pfeiler gelehnt standen irgendwelche Menschen, die von dem Geschehen um sie herum kaum etwas mitbekamen oder zumindest so taten.

Alles war gewöhnlich.

Doch etwas erschien ihr ganz besonders: An den Wänden hing nicht ein einzelnes Suchplakat! Sie waren voll von irgendwelchen grinsenden Werbefiguren.

Doch so schrecklich geheuchelt jene Flugblätter auch sein mochten, so war ihr in jenem Moment dieser Anblick nur allzu willkommen.

Als hinter ihr ein mechanisches Geräusch erklang, fuhr die junge Frau herum.

Die Türen des U-Bahn-Zuges hatten sich geschlossen und die letzten Fahrgäste ließen sich auf den Sitzen nieder.

Plötzlich sah sie ihn!

Bianca stürzte in Richtung des Zuges und hörte hinter sich ein entsetztes Keuchen, als sie sich dicht an die Fensterscheibe des Zuges presste.

»Pascal! Pascal!«, rief sie und sie wurde sich bewusst, dass ihre Stimme womöglich nur dumpf in den Wagen hineindrang.

Deshalb schlug sie mit der Handfläche mehrere Male gegen die Scheibe.

Ein Zittern durchfuhr den stählernen Wagen, als der Zug anfuhr.

Noch einmal rief die junge Frau den Namen und klopfte gegen die Scheibe.

Da sah er auf.

Ein geradezu riesenhafter alter Mann, gekleidet in einen weiten Mantel, der ihn noch enormer wirken ließ. Aus dem Mantel schälte sich ein fleischiger, kahler Kopf, dessen Haut schlaff herunterhing und sich an seinem Hals wie ein Batzen Stoff zusammenfaltete.

Der alte Mann sah die Frau hinter der Scheibe

an; blickte zunächst ein wenig fragend und lächelte sie schließlich für einen Augenblick an, bevor der Zug an Fahrt gewann und davonrauschte.

Bianca blickte dem Zug hinterher, bis er in den schwach erleuchteten Tunnel hineinglitt und hinter einer leichten Kurve verschwand.

»Er hat mich nicht erkannt«, bemerkte sie laut.

»Wie bitte?«, fragte die Stimme des Mannes, welcher noch immer um sie herumstand.

»Pascal«, sagte sie.

»Wer ist dieser Pascal, von dem Sie die ganze Zeit reden?«, erkundigte sich der andere.

Sie lächelte. »Ein Pastor«, erzählte der Blondschopf. »Doch als einer der Waisenjungen, um die er sich kümmerte, in der U-Bahn verschwand, nahm er seinen Rosenkranz und fuhr tagein, tagaus mit dem Zug, um ihn zu suchen.« Sie lachte kurz auf. »Das tat er solange, dass er nicht einmal mehr wusste, woher er gekommen war oder wohin er fahren würde. Er erinnerte sich nicht daran.«

Sie holte tief Luft. Weinte. »Irgendwann verschwand er selbst. Doch zuvor machte er einem Mädchen ein Geschenk, mit welchem sie zunächst kaum etwas anfangen konnte.« Sie seufzte. »Doch am Ende war es sein Geschenk, welches …« Sie überlegte. »… nun, ich schätze, welches das Schicksal unserer Welt zum Guten entschieden hat.

Nicht weniger.«

»Ich werde jetzt einen Arzt rufen«, sagte der Mann besorgt und schob mit dem Zeigefinger die Brille zurück, die ihm vor Schrecken auf die Nasenspitze gerutscht war.

»Nein, ich brauche keinen Arzt«, erwiderte der Blondschopf und ließ den anderen stehen, als sie sich in Richtung des Ausgangs aufmachte.

Menschen kamen ihr entgegen. Viele gehetzte Menschen, die die etlichen Stufen hinauf- und hinuntereilten. Eine elende Treppensteigerei.

Bianca aber griff nach dem Handlauf und ließ sich Stufe um Stufe emporführen, bis sie die Oberfläche erreichte.

Die Menschen rauschten an ihr vorbei; einige stießen sie an, fluchten oder schoben sie beiseite.

Sie fand eine nahegelegene Sitzbank und hockte sich darauf; beobachtete die Menschen, die wie Eilzüge an ihren Blicken vorbeihuschten.

Wenn sie sie so beiläufig ansah, dann waren sie nichts weiter als verschwommene Schemen. Undeutliche Schatten mit eigenartig zuckenden und verdreht wirkenden Gliedern.

Und ihre Gesichter waren undeutlich und blass, leichenhaft blass, so als würde ihnen jeden Moment die Haut von den Knochen rutschen und etwas Grauenvolles freilegen, das darunter lag.

Als sich das beunruhigende Gefühl in ihren Eingeweiden verstärkte, setzte sich plötzlich jemand neben sie.

Die junge Frau schüttelte den Kopf; war dankbar für diese Möglichkeit, einem der Menschen ganz nahe zu sein.

Sie wollte sich auf diese einzelne Person konzentrieren und ihre Gesichtszüge erforschen, um sich zu vergewissern, dass all dies nur irgendwelche Wahnvorstellungen waren.

Als sie dann aber hinblickte, wollte sie aufschreien.

Vor *Freude*!

Doch es blieb bei einem breiten Grinsen; der Laut wirbelte in ihrer Kehle herum und fühlte sich gut an.

Neben ihr saß ein kreidebleicher Junge mit pechschwarzem Haar und einer schmalen Statur.

Und als er sich zurücklehnte, sah sie in sein Gesicht und es sah aus wie in jener Nacht, in der sie sich getroffen hatten und die sie niemals erlebt hatte.

Kurz darauf blickte Joschua zögerlich zu ihr hinüber. In seinen Augen leuchtete es kurz auf, doch dann blickte er wieder zurück.

Er erkannte sie nicht!

Alles, was geschehen war, war niemals passiert.

Und hatte doch so viel verändert!

Da nahm Joschua seine schwere Umhängetasche von seiner Schulter, kramte etwas heraus und lehnte sich nach vorn, um darin herumzublättern.

»Was hast du da?«, fragte Bianca.

Sie wusste aber genau, worum es sich handelte.

Der Junge schaute einen Moment unsicher; erforschte die Augen des Blondschopfs neben ihm und entschied dann, dass er ihr nicht misstrauen würde.

»*Handbuch der Monster*«, erklärte er knapp, fügte dann aber rasch hinzu: »Es ist ein Rollenspiel. Ein paar Freunde und ich spielen es.«

»Cool«, lächelte die junge Frau.

Und der blasse Junge lächelte zurück.

Dann tauchte jemand in seinem Augenwinkel auf, und auch, wenn er später bereute, nicht noch einen Moment länger jenes gegenseitige Lächeln genossen zu haben: In jenem Augenblick sah er diesem Fleck in seinem Augenwinkel nach.

»Martín«, bemerkte Joschua wie beiläufig, stand auf und begrüßte seinen Freund.

Bianca sah jenen anderen Jungen nicht an, sondern starrte einfach auf den leeren Platz, auf dem Joschua gesessen hatte.

»Bis dann«, drang es dann an ihre Ohren, und ohne Joschua nachzublicken erwiderte sie dieselben Worte.

»Kanntest du die Blonde?«, hörte sie die Stimme des Jungen namens Martín zum ersten Mal.

Die Antwort aber verstand sie nicht mehr; sie

mischte sich hinein in das Stimmgewirr der Menschen und den Lärm des Verkehrs, ebenso wie die Körper der beiden Jungen.

Bianca seufzte.

Die Wirklichkeit hatte sich selbst wieder.

Sie lehnte sich auf der Bank zurück und schob die Hände in die Taschen ihrer Jacke.

»Au!«, machte sie plötzlich und zog sie hastig wieder heraus.

Sie betrachtete einen ihrer Finger und sah einen Tropfen Blut heraussickern.

Vorsichtig griff sie noch einmal in ihre Tasche hinein und zog etwas daraus hervor.

Als sie es anblickte, erschrak sie.

In ihrer Hand hielt sie einen Dolch.

Sein Griff zitterte zwischen ihren Fingern.

So als würde er *leben*!

ENDE

Horrorthriller

Ein geheimnisvoller Funkspruch war dem U-Boot-Kommandanten unheimlicher als alle Härten des Krieges.

Feuchtkaltes Grab – Auf Seerohrtiefe mit dem Ungeheuer

Irgendwo auf den brennenden Ozeanen des Zweiten Weltkriegs: Ein deutsches U-Boot kehrt von seiner zermürbenden Feindfahrt zurück. Doch kurz vor dem Heimathafen erhält der U-Boot-Kommandant Johann Nielebock einen geheimnisvollen Funkspruch mit neuen Befehlen. Die steinerne Moral der eingeschworenen Mannschaft aus Kriegsbrüdern erhält Risse. Und selbst dem loyalen Kommandanten sind die neuen Anweisungen unheimlich: An einem Ort fernab jeglicher Schifffahrtsrouten, inmitten der unerbittlichen Kälte des arktischen Ozeans, sollen sie eine kriegsentscheidende Geheimwaffe bergen, furchtbarer als alles, was Menschenaugen je zuvor erblickt haben.

Thriller

*»Männer werden an diese Küste gespült.
Gute und schlechte.
Wird sich zeigen, zu welchen du gehörst.«*

Der Albtraum des Leuchtturmwärters

In den Jahren nach dem verheerenden Krieg, welcher das ganze Land in Trümmer gelegt hat, sucht ein hünenhafter Blondschopf in einem kleinen Fischerdorf nach einer neuen Heimat. In kurzer Zeit ist dieser Ort zu neuem Leben erwacht. Doch das hat seinen Preis, weiß ein alter Leuchtturmwärter – eine zitternde, klägliche Seele mit schlohweißem Bart. In einer albtraumhaften Nacht will er etwas gesehen haben: einen Schemen zwischen den Wellen, aufgetaucht aus einer unsichtbaren Welt, verborgen unter den tosenden Wellen des Ozeans. Es ist ein Albtraum, den mehr und mehr Menschen träumen. Hier in diesem Fischerdorf, welches sich mehr und mehr zu lösen scheint aus dem Gefüge der Wirklichkeit.

Sci-Fi-Horror

Die Menschheit dachte,
sie sei unbesiegbar.
Und allein.
Sie irrte sich in beidem.

Galaxie der Seelenlosen
– Der Sattler-Zyklus,
1. Band

Durch eine Verkettung seltsamer Zufälle gerät die Rebellin Tasma Weber an Bord des SPHÄRENSCHIFFS – eines gigantischen Raumschiffs, das zur Besiedlung einer anderen Galaxie aufbricht. Doch als sie aus einer eigenartigen Bewusstlosigkeit erwacht, umgibt sie eine unheimliche Totenstille. Und etwas Unheilvolles lauert in den tiefschwarzen Schatten des erkalteten Stahls.

»In dieser Geschichte finden wir außerirdische Organismen, augmentierte Menschen, Energiewaffen und rote Schlüsselkarten – sowie das Gefühl der Verlorenheit in einer sich verändernden Welt.«

– Johan Alberich

Dark Fantasy

»Ich habe viele Verbündete.
Und du hast viele Feinde.«

Im Reich des grimmigen Herrschers

Der grimmige Herrscher regiert sein Reich aus dem Innern seiner steinernen, immerkalten Hallen. Doch er ist müde geworden. So konnte sich auf unergründlichen Pfaden jemand in sein Reich schleichen. Der Herrscher kennt diese Person. Er nennt sie: die *Erste*. Doch ihren zarten Füßen folgt das Erlöschen seines Reiches und der gesamten Welt. Deshalb schickt er seine Diener aus, um sie zu finden und zu verjagen. Elendige Kreaturen sind es, die dem Herrscher gehorchen: Unholde von entsetzlichem Antlitz. Doch der Herrscher hat nicht mit einem gebrochenen Krieger gerechnet, der verbissen alles tun wird, um die *Erste* zu retten. Und jener Krieger spürt rasch, dass die Welt nicht das ist, was sie zu sein scheint!

Printed in Poland
by Amazon Fulfillment
Poland Sp. z o.o., Wrocław

26370846R00093